Bunsen Burner with Rylee
Presents

斯堪地聯邦
冒險手記

The Tales of Skandia Federal

III

偽典的最終戰役

—斯堪地聯邦冒險手記—

The Tales of Skandia Federal
volume three

contents

「唯有愛使人勇敢無懼，所向披靡。」

——哈德蘭・杜特霍可

斯堪地大陸，第一代杜特霍可勳爵、第一任黃金盞持有者

斯堪地聯邦冒險手記

CHAPTER TWENTY-THREE

第23章

The Tales of Skandia Federal

賽提斯．帕拉瑪莊園。

清脆的踢躂聲響以規律而快速的節奏在舞廳迴盪，雪禮詩伯爵悄無聲息地將木門推開一道縫隙，瞇眼細看。芳華正盛的少女向虛空之中伸長白皙的手臂，好似接受某人的領舞。少女的衣著華貴精緻，面容姣好，身形秀麗舞姿優美，若是在賽提斯的社交季舞會中跳上一曲，必能引起眾人注目。

她的指尖捏著虛空，以優異的平衡感墊著腳尖轉了一圈，驟然向後倒——雪禮詩伯爵大驚失色，猛地推開木門衝進去，卻依舊趕不及來到少女身側。少女重重跌坐在地，撐地的指掌迅速泛紅，腳踝腫大，疼痛讓她忍不住眨出淚液，姿態狼狽至極。

「父親——」

「麗蒂寶貝哪裡痛？我看看！」雪禮詩伯爵蹲下身，緊張地檢視女兒的傷勢，他心疼地輕輕揉按她紅腫的皮膚，卻引來雪禮詩小姐頻頻抽氣。

雪禮詩伯爵用力拉鈴呼叫總管，「去叫醫官來。」

雪禮詩小姐的眼角泛著淚光，「父親，這是我最拿手的桑托舞，以前可以跳得更好，為什麼現在不行？」

雪禮詩伯爵輕拍女兒的雙肩，露出慈愛的目光，「妳現在跳得比以前更好，麗蒂寶貝。」

「那為什麼哈德蘭不欣賞？」雪禮詩小姐執拗地扯著父親的衣袖，「他不是應該喜歡我嗎？」

雪禮詩伯爵微蹙眉心，他從不贊同女兒與哈德蘭深交，但她自從在埃德曼莊園的舞會與哈德蘭共舞之後，整個人心思都放在哈德蘭身上，再也看不到其他優秀的貴族青年。而哈德蘭竟敢對他的寶貝視而不見，簡直盲目得可笑。

「麗蒂寶貝。」雪禮詩伯爵緩下語調，「世界上不會有人不欣賞妳，包括哈德蘭。」

雪禮詩小姐下意識撫摸自己的蠍獅手鍊，喃喃說道：「我以為他會求婚，以為他也喜歡我，是不是我說錯什麼話？是不是桑托舞跳得不夠好？」

雪禮詩伯爵無法忍受雪禮詩小姐失去自信的模樣，他以如同賽提斯城牆般堅定的口吻道：「麗蒂寶貝，妳是斯堪地大陸最美麗，也是最會跳桑托舞的女孩。哈德蘭一定會喜歡妳，得給他表現的機會。」

「父親說的是真的嗎？」雪禮詩小姐滿懷希望地注視雪禮詩伯爵，「他真的喜歡我？那為什麼還不肯求婚？」

「他……」雪禮詩伯爵一時間答不上話，眼見雪禮詩小姐眸裡的火光愈來愈微弱，他低聲咒罵一聲，「看在摩羅斯科大人的分上，哈德蘭絕對會向妳求婚，我保證。」

雪禮詩小姐綻出羞澀的微笑，「那我要在他面前再跳一次最拿手的桑托舞。」

她爬起身，腳踝一使力，鑽心的疼痛立即從腳板往上竄到腦門，令她痛呼一聲，雪禮詩伯爵眼明手快地扶住她。

「麗蒂寶貝，妳先坐下。」他用力扯著鈴，「醫官還沒到嗎？」

「來了！來了！」總管領著風塵僕僕的醫官進到舞廳，醫官以手背抹去額側的汗水，向雪禮詩伯爵躬身行禮。

雪禮詩伯爵不耐地揮了揮手，「快替我的麗蒂寶貝看看她的腳。」

雪禮詩小姐的腳傷並不嚴重，僅需要多休養幾天。醫官給出一份醫囑，並隱晦提醒雪禮詩伯爵，「小姐現在精神相當亢奮，若持續這種狀態將導致失眠。建議在小姐就寢前，給她一杯熱牛奶。」

「前兩天半夜又出現大聲嚎叫的情況。」雪禮詩伯爵擰著眉心，「她不是應該痊癒了嗎？」

醫官停頓了幾秒，「就如之前跟您提過的，小姐身體裡還住著另一位小姐，半夜嚎叫是另一位小姐的日常活動。如果想避免這種情況，須多讓小姐服用一些安神易睡的藥物，讓兩位小姐一起陷入沉睡。」

雪禮詩伯爵緊抿薄唇，「這是否對她的身體有影響？」

「爵爺請放心，那些藥物只是幫助放鬆，不會影響健康。」醫官搖頭，「若您擔憂的話，也可以不讓她服藥，但夜晚就要辛苦一點，忍受另一位小姐的活動。」

「我知道了。」雪禮詩伯爵看向坐在地上打節拍的麗朵娜，右手探入衣袋裡摩挲著剛收到的祈願會帖，喃喃自語：「麗蒂寶貝，父親一定會治好妳，讓哈德蘭向妳求婚。」

賽提斯．萊茵莊園。

當萊茵莊園那棟尖塔映入眼簾，奔騰的馬匹逐漸慢下速度，玫琪絡子爵在大門前俐落下馬，左腳一落地，一股尖銳的疼痛從腳後跟往上竄，他的眉心微微抽動，打發牽馬的男僕，與前來迎接的總管低聲交談。

「爵爺，伊索斯聖堂送來祈願會帖，已將它放在您的書房。」

玫琪絡子爵的眉頭蹙得更緊，強忍著左大腿的抽痛緩慢行走，「他們這次要求捐獻多少？」

總管輕聲說出一個數字，玫琪絡子爵嘖了一聲，「如果不是黃金價格突然飆高，這個要求放在去年不會太過分。」

他走進書房，展開那份以緞帶綁著精巧蝴蝶結的紙捲，貴族祈願會的時間定在下週三晨禱之後，紙捲末端印著伊索斯聖堂祭師的鰍獅戳印。他陰沉著臉，將自己摔入書桌後方的坐椅，左大腿的抽痛不時提醒他盡快做出決定。他信仰摩羅斯科，卻不認為伊索斯聖堂能代表摩羅斯科發言，雖然目前確實無法找到比伊索斯聖堂更親近摩羅斯科的管道，徹底治癒左大腿。

若要恢復往昔在社交季上狩獵的榮光，就不能坐以待斃，任由伊索斯聖堂毫無上限地要求捐獻。他要看到自己的捐獻被確切使用在供奉摩羅斯科上頭，而非落入聖堂祭師深不可測的衣袋裡。玫琪絡子爵垂下眼簾，回覆祈願會帖，在紙捲上填入捐獻金額的下限。他發誓，做為一個悶不吭聲的貴族錢袋，這將會是最後一次。

賽提斯．探險隊公會總部。

夕陽西斜，光線逐漸暗下，恩爾菲斯特沒有點燃煤油燈的打算，他坐在書桌後方，無視一旁堆積如山的公會事務，就著從窗外斜射的陽光，把玩從刺客那裡收繳的鮑獅項鍊。他旋轉作為項鍊墜飾的硬幣，轉至某個角度時，硬幣浮刻的幾瓣鈴蘭花花葉消逝，轉而現出麟花的模樣。

「咦？」恩爾菲斯特以為自己眼花，畢竟鈴蘭花和麟花有幾分相似。他轉動硬幣，硬幣表面出現鈴蘭花，又轉回方才的角度，麟花再度浮現。他按壓痠疼的眼窩，門外突然傳來盔甲撞擊的聲音。

門一開，騎兵列隊魚貫進入，他們的盾牌上雕繪著雄壯威武的鮑獅，與墜飾上的鮑獅風采各有千秋。恩爾菲斯特毫不意外地站起身，平靜地望著包圍他的騎兵。

帶隊的騎兵面色嚴肅，伸出一隻手臂橫向門口，聲調如洛哈札特湖結凍的表面般寒冷堅硬，「烏迪總事務官，請跟我們來吧。」

「這畫得很像你。」奧菲捏著通緝令的一角懸在哈德蘭頰側反覆比對，「不過他有鬍子，你沒有。」

「因為我把鬍子刮了。」哈德蘭盤腿坐在巨大的鳥巢裡。祖克鳥盤旋在附近的高大紅杉木上方，不時在幾處鳥巢之間暫歇，讓鳥人們餵食。

他與皮拉歐所在之處是巨木群中最高大的紅杉木頂端，巨型鳥巢就坐落在樹冠上方，鳥巢內的空間足夠讓四位成年男性完全躺直。皮拉歐有些躁動，盯著奧菲的時間幾乎與望向哈德蘭的差不多，哈德蘭知道緣由，但奧菲很寶貝他的橫笛，絲毫不肯鬆口。

哈德蘭在詢問祖父能不能借埃德曼公爵的徽戒看一下時，見過同樣的表情。依他的經驗，想拿到橫笛只有兩種可能的方法，要麼趁對方不注意的當下「借」過來，要麼就得費盡三寸不爛之舌等價交換，前者和後者所費的精力差不多。

他抬手以指腹輕蹭皮拉歐頸側的薄鰓，撫觸帶著疼愛與親暱，皮拉歐縮了縮後頸，躲開過於敏感的接觸。

他們會遇見奧菲是機緣巧合。兩人在橫越圖西亞半島時碰到大雷雨，祖克鳥失去方向，幸而奧菲吹奏橫笛指引牠平順地降落在一棵降香紅檀上，他們才不至於在狂風暴雨中被閃電擊落。

奧菲是哈德蘭第一個遇見的鳥人，在此之前，他以為鳥人只存在於神話之中，如同第一次看見皮拉歐時也深感意外。具備飛行能力的鳥人與在水中生存的漁人同是傳說中的類人生物，在世間極其罕見。

「你說的那個什麼——通緝？最近看到好幾隻小藍兒都在認真地送信，有時候還會看到白白腳上綁著比較大張的紙捲，都是你的臉。」奧菲仔細端詳通緝令上的畫像，「你真有名。」

「藍喉北蜂鳥只有貴族和探險隊公會使用，若是廣發政令或布告，通常會選用信鴿。」

祖克鳥似乎是玩累了，鑽進哈德蘭與皮拉歐之間，仰起下顎讓哈德蘭撫摸。奧菲旋即扔掉通緝令，深感興趣地湊近觀察祖克鳥，「這隻小橘很喜歡你。」

「我向來很有動物緣。」哈德蘭露齒微笑，「奧菲，你的那支橫笛很特別。」

「我用的東西當然特別。」奧菲自豪地抽出腰間的橫笛。橫笛通身泛著金色帶紅的光芒，恰似奧菲的紅金色瞳眸，烈火紅豔相互輝映。

哈德蘭垂眸，不經意想像起皮拉歐彈奏傳說中的藍金豎琴，那雙瀲灩藍瞳必然也能倒映出藍金豎琴的耀眼華光。

「奧菲齊格里瓦納里希。」低沉混濁彷若苦惡鳥鳴叫的嗓音驀地傳來。

奧菲受驚般跳到半空中，寬大的羽翼扇了兩下，緩緩降落在一名年紀較大的鳥人身側。

「大爺爺。」奧菲討好地軟下語調，「你今天看起來也很帥氣。」

哈德蘭扯著皮拉歐起身迎接對方。年邁的鳥人神情嚴肅，年紀乍看之下與伊修達爾差不多，相當於哈德蘭的祖父輩，幾名身材壯碩的鳥人青年宛如護衛隊般跟在老鳥人身後。

「你應該盡到告知義務，善待我們的貴賓！橘桔都比你機靈，懂得四處串門子。」

老鳥人的訓斥聲響若洪鐘。祖克鳥聽見自己的暱稱，旋即湊到老鳥人身側，以頭顱輕蹭老鳥人的翅膀。老鳥人替祖克鳥順開翅上的羽毛，接著望向哈德蘭與皮拉歐，視線掃過皮拉歐的鰓與魚鱗，「你是掌管神器的漁人吧。」

皮拉歐愣了一瞬，「你是指藍金豎琴？」

「喔，對。我的記憶沒錯，放在漁人那裡的果然是豎琴。這麼多年了，沒想到直到我這一代才見到豎琴的傳人。」老鳥人展開羽翅，雄壯的翅膀在眾鳥人上頭籠罩下一大片陰影。

「什麼傳人？」哈德蘭插嘴道。

「只有身為神器傳人的漁人才能脫離大海那麼久。待在這麼高的地方，你沒感覺到空中的水氣愈來愈少了嗎？」

老鳥人一扇動羽翅，乾燥的空氣撲面而來。哈德蘭以眼角餘光瞄向皮拉歐，皮拉歐握緊哈德蘭的手，挺身往前一站，進入警戒狀態。

「我們並無惡意。」老鳥人對兩人的防備視而不見，「奧菲，他們也許能幫你。」

「大爺爺，我不覺得需要幫忙。」奧菲扇起翅膀騰空，強勁的氣流將哈德蘭的黑髮全往後吹，「只需要我一個人就可以，其他人只會拖累我。」

「奧菲，只靠我們做不到。」老鳥人身後一位尾羽黃中帶白的鳥人道。

「殷瑣，我們上次就快成功了！」

殷瑣疲倦地嘆息，「紅勑蠍的火焰太致命，更別提那些帶著熔岩的熱氣流。我知道你只是不想讓其他鳥人喪命，但我們也不會讓你獨自去面對危險。」

「奧菲，大爺爺的建議很有道理。」

「對啊，我們應該尋求其他物種的幫助。」

老鳥人身後的鳥人們紛紛發表意見，哈德蘭適時地問：「你們要做什麼？」

「我們得取得修復橫笛的紅白金礦，就在斯特龍博利山口。」殷瑣在奧菲開口前搶先答道。

「如果是指奧菲手上那支橫笛，它看起來沒有問題。」哈德蘭謹慎地確認。

「它以前還能捲動氣流，如今功用大不如前。」老鳥人神色相當凝重，「想必漁人的豎琴也出了問題，對吧？天對海，鳥對魚。我們是相對的，面臨同樣的困境。」

奧菲停在老鳥人身側，發出接近雪鴞的鳴叫聲，好似在制止老鳥人的勸服。

「他們能幫你，而他們也一定需要你的幫助。」老鳥人轉向漁人與狩獵者，「不管你們的目標是什麼，斯特龍博利山口一定有想要的答案。」

哈德蘭與皮拉歐對視一眼，轉瞬達成共識。這是一個絕佳的機會，足以弄清楚橫笛與鳥人之間的關聯，他們不該拒絕。「你想要我們怎麼幫你？」哈德蘭問。

他在接下任務之前應該問得更仔細。

「你最好留在鳥人的巢穴。」哈德蘭擔憂地望向身後的漁人。皮拉歐的臉上泛出汗液，隨身攜帶的雪晶也被火山口附近的空氣燒得暖燙。

斯特龍博利山口內沸騰著滾滾岩漿，奧菲盤旋在距離他們不遠處的火山口上方。半晌，一隻通身赤紅的巨大蠍子爬出火山口，牠的體型與一位成年男性差不多大，正張口朝奧菲噴出火焰。那是鳥人提過的紅勑蠍。

「我才不會讓你一個人來這種鬼地方。」皮拉歐從頸側的鰓噴出一大口氣。

「照奧菲的計畫，他會吹奏橫笛吸引紅勅蠍的注意，我再從火山口另一頭爬下去取礦石，你跟祖克鳥飛遠點，找個安全的距離待著。」

皮拉歐臉上的汗液流淌至薄鰓，那片薄鰓被炙熱的岩漿映得火紅，他開口的嗓音極其乾啞，「你別分心，我會照顧好自己。」

哈德蘭拉緊皮拉歐身上探險隊公會的特製斗篷，「蓋好，別烤焦了。」

此刻奧菲已開始吹奏橫笛，橫笛發出嗡嗡的低鳴聲響。半晌，十數隻紅勅蠍紛紛爬上火山口，朝奧菲所在的地方聚集，牠們此起彼落噴出火焰，攻擊在空中盤旋的奧菲。

同一時間，祖克鳥由紅勅蠍後方俯衝，哈德蘭從鳥背上縱身躍下，如紅棕松鼠般靈巧地在空中翻滾一圈，平安落地。

這裡的溫度高得嚇人，即便探險隊公會的裝備足以抵抗高溫，哈德蘭仍熱出滿身大汗，他與那些紅勅蠍相距半個火山口，並未驚動牠們。哈德蘭在腰間綁好彈力套索，一端用特製釘柱固定在火山口邊緣，無聲無息地從火山口向內垂降。

奧菲提過，紅白金礦在「一靠近就知道的地方」。他踏著岩壁下降數次，藉著夜光石微弱的亮光，在岩壁上看到數條刻痕，那些刻痕並非人為雕琢，反而像麵包師傅利用模具在麵皮上壓印出來的平整痕跡。

哈德蘭順著刻痕移動，刻痕在某處岩壁產生斷點，這處裂口由淺而深逐漸擴張，經年累月之下裂口擴及岩壁上的刻痕，讓刻痕產生斷裂處。

一靠近裂口，某種極度壓抑的負面情緒倏地湧起，他拿出尖銳的十字鎬敲擊裂口，敲擊聲混進熔融岩漿冒出氣泡的破裂聲響。正下方岩漿滾滾沸騰，一隻紅鰂蠍悄無聲息地從岩漿中冒出，爬上岩壁。

空氣熱燙，連呼吸都變得困難，哈德蘭隔著特製面罩深吸一口氣，加快敲擊的速度，忽然間他本能地側過身，通體火紅的大螯立時刺進岩壁裂口，他赫然與一雙赤紅的雙眼四目相對。

哈德蘭趁紅鰂蠍的大螯卡在岩壁的瞬間，以卡托納尖刀狠狠刺入牠的左眼，紅鰂蠍發出令人毛骨悚然的低鳴，揮動左側大螯攻擊哈德蘭，哈德蘭踢向岩壁，藉著反彈力道避過突襲。

紅鰂蠍惱怒地朝哈德蘭噴出火焰，哈德蘭抓著彈力套索在岩壁之間反覆彈跳，火焰幾度錯身而過，探險隊公會的特製會服被火烤得僵硬。他決定速戰速決，停在紅鰂蠍不遠處，紅鰂蠍揮舞著一對火紅大螯歪歪斜斜地爬來，哈德蘭忽然踩踏岩壁躍起，以卡托納尖刀惡狠狠地刺入牠殘餘的右眼，一腳將牠踹下岩漿。

成功解決眼前的危機，哈德蘭抹掉汗液，拉著彈力套索跳回方才敲擊的岩壁裂口，大螯意外將縫口裂得更大，露出幾絲燦紅微光，哈德蘭對著泛光之處猛擊數次，終於擊碎堅硬的岩壁。剎那間，熾盛白芒刺得哈德蘭別過眼，傳說中的紅白金礦近在眼前。

他費了番功夫成功敲下一塊約拳頭大小的礦石，將紅白金礦與工具收進背包，扯著彈力套索往上爬。攀爬岩壁對哈德蘭並不困難，高溫增加這項任務的難度，但阻止不了他前進，爬到接近洞口邊緣時，灼熱的火焰迎面而來，數隻紅勳蠍聚集在上方朝他噴火，同時揮動大螯攻擊。

哈德蘭反射性垂降避過火焰，紅勳蠍紛紛從四面八方爬下岩壁，幾隻甚至爬上彈力套索。冷汗從他的背頸湧出，紅勳蠍占據整面岩壁，沒有能落腳踩踏之處，攀爬在彈力套索上的紅勳蠍逐漸逼近，張開嘴正要噴火。

「哈德蘭！」一瞬之間，尖銳的高音伴隨著強大的壓迫感當頭落下，哈德蘭差點握不住彈力套索，在他正上方那隻紅勳蠍彷彿時間靜止般倏然停住。哈德蘭用卡托納尖刀砍向紅勳蠍的雙眼，紅勳蠍毫無反抗，他趁機將彈力套索上的紅勳蠍甩下岩漿。留在火山口的奧菲與皮拉歐將這一連串變故看得一清二楚。

「你的笛音果然也有這種效果。」皮拉歐低喃自語。

「你不用豎琴就能做到，怎麼可能有這種事？」奧菲有些不甘心，「我一定也可以，我才不相信我不行，只是沒試過，我們來比賽！」

皮拉歐懶得回答，他有比無聊的比賽更重要的事要做，「我們可以比，但不是現在。

你吹笛子，我使用共鳴力，我們同時發動讓紅勅蠍停止攻擊，哈德蘭才能上來。」

「我們可以現在比，分別看看誰能阻止最多隻紅勅蠍。」奧菲的挑戰之魂蠢蠢欲動。

熱燙的火山口磨去皮拉歐的耐心與體力，他不耐地說：「少廢話。哈德蘭如果因為你的那塊蠢石頭掉下去，信不信我能把你從這扔下去？」

皮拉歐不再搭理奧菲，沉下思緒，高溫與挾帶細碎熔岩的氣流比預想中更耗費心神與體力，以精神力成功震懾攻擊哈德蘭的紅勅蠍實屬僥倖，他不指望能壓制所有的紅勅蠍。哈德蘭不能等，不管怎麼樣，一定要讓哈德蘭平安上來。在東海時，他曾靠著共鳴力製造漩渦翻攪海域，但這裡沒有海流，沒有能乘載共鳴力的對象，該怎麼辦？

一曲低沉的笛音驀地響起，空氣中音律的起伏宛如海水湧動，皮拉歐的共鳴力趁勢搭上音律的海流，他仿造掌控海波的形式，讓精神力以自身為圓心向外擴張，持續在海流樂音累積能量。奧菲似乎感知他的需求，吹奏的節拍愈來愈快，每一個音符都面臨沸騰臨界般隱隱顫動，等待爆發的瞬間。

三、二、一。震動，同步共鳴。

樂音成了洶湧的漩渦，強勁的精神力藉著樂曲漩渦席捲紅勅蠍，一隻隻紅勅蠍漸漸停住動作，遠觀之下宛若一片凍結的火海，哈德蘭趁此機會迅速向上爬，小心翼翼踩著紅勅蠍堅硬的背殼，爬上火山口。

他一冒出頭，就看見皮拉歐緊握雙拳瞪視火山口，藍眸晶燦透亮發出異光，奧菲站在他身側吹著橫笛，低沉的笛音以快如進行曲的節拍在整個火山口層層迴盪，所有的紅勅蠍全停止活動。

哈德蘭呼叫祖克鳥來到兩人身側。皮拉歐頓時一晃，哈德蘭隨即牢牢扶住他，這才察覺皮拉歐後背有個赤紅帶血的大洞，破開的斗篷之下，部分翠綠鱗片破損白化。

「皮拉歐！」與心疼一同湧起的情緒是貨真價實的憤怒，哈德蘭扶著皮拉歐坐上祖克鳥，少了共鳴力的牽制，紅勅蠍恢復行動力，紛紛向三人噴出火焰。

「快走！」哈德蘭喝道。祖克鳥與奧菲同時起飛，閃躲過交錯的火束，離開斯特龍博利山口。

炙熱的火焰在後背灼燒，與那時遭遇火焚一樣疼痛。皮拉歐死死盯著火山口下方，在低鳴的笛音裡傾注共鳴力，絲毫不敢分神，疼痛有助於專注，但逐漸擴大的疼痛幾乎淹沒他的理智。

哈德蘭。**哈德蘭**。**哈德蘭**。些許細碎的耳語伴隨著鳥鳴在身側嗡嗡飛舞，他頭疼地蜷縮成一團，想將那惱人的聲音隔絕在外。

「已經餵他一些紅毬果，血止住了但意識不清，應該是中了紅勅蠍毒。」

「治得好嗎？」

「──可以試試粉色鳥羽花，就算是昏迷的鳥類也會瞬間清醒。」

「長在哪？長什麼樣？畫給我看我去找！」

「通常長在懸崖峭壁上，一株三支葉一花苞，整朵花連著花苞一口吞下，就能恢復神智。」

「哈德蘭你留在這裡，我去摘，我知道哪裡有，很快就可以回來！」

「奧菲我也去！」

「我也去！」

「你們跟得上我再說。」

皮拉歐的意識再度下沉，他感覺自己躺在沙漠裡，炙熱豔陽蒸發體內的水分，像沒入火海，從裡到外一吋吋逐漸乾涸。

忽然間，誰塞了什麼東西進他嘴裡，那股甜味的刺激感似曾相識，讓舌頭發燙發麻。他想將嘴裡的東西吐出來，某種柔軟的物體卻伸入口中，溫柔地拂過齒列，與他的舌相互交纏。他貪婪地吸吮啃咬那吋柔軟，驀地嘗到更加熟悉的血腥味。

哈德蘭。他呢喃著，將嘴裡的東西全數嚥下。

奧菲回來的比哈德蘭想像得快。出乎他意料的是，奧菲帶回來的解藥竟是長春花。哈德蘭怔愣一瞬，憶起長春花能解救昏迷之人的傳言，腦海霎時閃過母親臥病在床的身影。他很快甩掉過往，餵皮拉歐吞下一整朵花苞，皮拉歐意識不清地想吐出來，他含了口清水渡到皮拉歐嘴裡安撫，勸哄皮拉歐嚥下。

「原來你們是這種關係。」奧菲湊到他跟前嗅聞，「難怪你們的血有同樣的味道。」

哈德蘭很難解釋他們與藍玫瑰的牽扯，索性不提，「謝謝你把長春花帶回來。」

「這不難。我倒是——」奧菲忽然別過臉，停住話。

「真的很感謝你們兩位！」眾多鳥人陡然推開奧菲，擠到哈德蘭身側，此起彼落的道謝聲宛如春晨時分的處處鳥鳴。

「在這之前，我們已經找到豔紅蓮花與鳥等草，但紅白金礦太難了，殷瑣的尾羽全部被火燒光，好久以後才長出來。」

「不是說好不提我的尾羽嗎？」

「你禿毛的樣子太令人印象深刻了。」

「杜克忒被燒到頭毛才好笑！」

「可以不要互揭傷疤嗎？殷瑣我又沒笑你。」

「那你只好跟我一起被笑了。」

哈德蘭被一群鳥人逗出笑意，他稍早交還的紅白金礦似乎解決鳥人一族的巨大難題，大爺爺還向全聚落宣布他與皮拉歐為終身鳥人之友，分別給他們一人一個短哨。不管需要什麼，隨時都可以利用短哨呼喚鳥人尋求幫助。

「哈德蘭──」

帶著氣腔的呼喚拉回哈德蘭的注意力，哈德蘭湊近細聽，噴在臉上的氣息又熱又潮溼，漁人每一次吐氣都能從空氣中擰出水來，他當機立斷撐起皮拉歐，「帶我們去最近的海域！」

奧菲立刻自告奮勇地擠到前頭，「我帶你們去，跟我來。」

哈德蘭扶著皮拉歐坐上祖克鳥，奧菲在前頭領路，距離鳥人聚落最近的水域是清湖，就位在紅杉木林側。哈德蘭抱著皮拉歐從祖克鳥背上跳入湖中，兩人在湖面載浮載沉，皮拉歐微抬眼皮，「哈德蘭？」

「我在這裡。」哈德蘭靠過去，親了親他的臉頰。皮拉歐緊皺的眉頭放鬆，用雙臂緊緊環住哈德蘭的腰，整個人湊上前去又親又蹭。動作一大，哈德蘭險些要滅頂，他張開雙臂游動，濺起水花四散，「皮拉歐等等。」

哈德蘭掙扎得太過厲害，皮拉歐困惑地停下動作，他吞下長春花苞後雖睜開了眼，意識卻混亂不清。哈德蘭藉機教育他，「你那樣會讓我溺死。」

「溺死？」皮拉歐宛如喝醉般搖頭晃腦。

「你得讓我呼吸，我跟你不一樣，不能在水裡呼吸。」哈德蘭放慢語調重複。

「呼吸？」皮拉歐昏昏沉沉地喃念著：「只要呼吸就能做嗎？但是哈德蘭我好熱，好熱，好熱。你摸。」他拉著哈德蘭的手往下腹探去，滿布魚鱗的下腹有一道隱密的縫口，此刻那縫口張開，伸出兩根熱燙的突起物，哈德蘭驚愕地抽回手，皮拉歐舒出一口氣，「你再摸摸，再摸摸。」

哈德蘭漲紅了臉，這比當面求愛更令人羞窘，他從沒想過有生之年會摸到漁人的性器。長春花能刺激昏迷之人的意識，但吞下整朵花苞顯然對皮拉歐而言太刺激了，刺激到極致便引發另一種亢奮。

皮拉歐宛如巨犬般在他的頸側四處嗅聞舔吻，哈德蘭無法狠下心推開皮拉歐，他仰頭趕走竊笑的奧菲，哄著皮拉歐游近岸邊站定後，伸手探到漁人的下腹。漁人的雙頭性器鼓脹著從縫口中挺出，比方才伸得更長，哈德蘭輕輕握住其中一根柱狀物，那裡熱燙得如燃燒的火炬，皮拉歐牢牢抱住他的腰，下巴抵在他的頸肩深深喘息，腰腹隨著他的摸索擺動。

哈德蘭忍著羞恥撫摸按壓漁人的性器頂端，皮拉歐的氣息噴在頰側。他們親密無間，但不曾有過如此親暱的時刻，哈德蘭跟著皮拉歐的喘息呼吸，感覺熱流在彼此間逐漸累積，燙得他頭暈目眩。數十次的套弄後，皮拉歐死死握緊哈德蘭的腰，哈德蘭加快揉弄的速度，一束熱流從哈德蘭的指掌之間噴射而出。

皮拉歐垂頭抵靠在哈德蘭的頸側，「哈德蘭，不夠，不夠，我想要更多，更多。」他憑著本能挺腰磨蹭哈德蘭，渴望得到更狂熱的歡愉。

哈德蘭深吸一口氣，周身冰涼的湖水無法冷卻體內熱浪。他過往並不熱衷於與人建立親密關係，但絕不是不諳世事。貴族課程裡當然包含性教育啟蒙，他很清楚皮拉歐的渴望，漁人的體溫高得驚人，方才那一下紓解只是杯水車薪，皮拉歐必須更徹底地發洩情潮，才能代謝體內高濃度的長春花。

事已至此，哈德蘭卻有幾分猶豫，不是不願意，倒不如說他沒有想過會發生在這種時機——任務尚未結束，皮拉歐意識不清，他被斯堪地聯邦全境通緝，感覺沒有哪一刻比現在更不合適。而且那奇形怪狀的漁人性器也讓他有些畏懼，比起讓皮拉歐不顧一切把那雙頭性器插到身體裡，還不如拿卡托納尖刀刺自己兩刀。

「哈德蘭。」皮拉歐等不及了，憑本能將性器擠入哈德蘭兩腿之間，雙頭性器頂端來回摩擦哈德蘭的股間，卻始終不得其門而入。他挫敗地輕咬住哈德蘭的頸肉，噴出更沉重的喘息，宛如迷路的稚子對自己的無能生悶氣，「哈德蘭，哈德蘭。幫幫我。」

哈德蘭捏著鼻梁吐出一口氣，皮拉歐本能地求助讓他軟下心。他想起漁人泛白的鱗片，那烤焦的食物，那座精美的沙堡。從很早之前開始，他就無法硬起心腸拒絕皮拉歐，不管是什麼要求。過往貴族仕女的接近都是有所圖謀，那些討好調情都有規律可循，但皮拉歐只圖他的接近，他的吻，和他。以最直率的言語，最無畏的行動表達。

皮拉歐對他而言是特別的。那些放棄的、斷裂的人際關係，那些無法守護、無法留下的性命，已經不可回溯。如果在斑駁的人生旅途中，還能見到幾幀燦爛的風景，全是因為眼前這個人向他展現生命強大的力量，展現生命的奇蹟，讓他願意相信在山窮水盡之處，他們都能絕處逢生，安穩地呼吸下一口氣。

「哈德蘭，哈德蘭。」

聲聲渴求他的情感突破哈德蘭心底最後的防線，他放鬆身體，任由皮拉歐舔吻頸子，捏弄甚少被碰觸過的乳首，尖利的指甲劃過乳暈周圍，他繃緊身體，發出顫抖的喘息。「皮拉歐，等等——」他在皮拉歐失去耐心之前褪下衣褲擱在岸邊，兩人轉瞬間赤誠相對。

有些事全憑本能，生物不必學習就會進食，就會交配。皮拉歐緊緊抱住他，下腹再度擠進哈德蘭的股間聳動，熱燙的性器在臀穴外摩擦，哈德蘭不由自主收縮穴口，彷彿在親吻性器頂端。皮拉歐猛地抓握著哈德蘭的腰際插入一根性器，進到半途就被柔軟的穴肉緊緊包裹，寸步難行。

「唔。」哈德蘭隱忍地喘氣，身體被破開的疼痛在可以忍受的範圍，事實上比起被黑蟄蠍穿身而過，任何痛苦都在可以忍受的範圍，比起痛更多的是又滿又脹，漁人熱燙的性器填滿下腹，使他反射性收縮。皮拉歐重重喘氣，手伸到含著性器的柔軟穴口邊緣揉按，「哈德蘭，你只吃了一半，再多吃一點，再多吃一點。」

「閉嘴！」哈德蘭面紅耳赤，他欣賞漁人的直率，但不是在這種時候！他深深呼吸，盡可能放鬆身體，接納入侵者。皮拉歐一感覺腸壁鬆動，立刻挺進直入到底。

「等等皮拉歐！你太快，慢——唔！哈——啊！」在哈德蘭適應之前，皮拉歐已經開始抽動，哈德蘭粗重地喘息，嗓音帶著溼潤的水氣，如朦朧的晨霧。他的呻吟沒有任何技巧，只有被快感逼迫的自然反應，卻格外催情。

長春花激起的血性被那呻吟催發到極致，皮拉歐使勁將哈德蘭的雙腳抬到腰間，逼得狩獵者將重心全壓在他的性器上，粗壯的性器猛地進到不同以往的深度，每深一吋，腸壁就反覆收縮吸吮，熱烈地歡迎他。

「啊嗚，皮拉歐，你太深——出來！別碰那裡——」哈德蘭的身體忽地顫了一下，性器瞬時高高翹起貼著下腹，頂端汨汨淌出前液，雙腿緊緊夾住皮拉歐的腰，猛烈收縮臀穴。

皮拉歐被穴肉箍得亢奮，本能地朝那處撞擊，另一根裸露在外的性器順勢在哈德蘭的股間摩擦。強勁的電流在哈德蘭的背脊四處流竄，他頭皮發麻頭暈眼花，下半身全都麻痺，想上挺躲避那駭人的快感，皮拉歐卻強硬地按住他的腰，讓他無法動彈。

「停、不要！太厲害了——」哈德蘭禁不住將頭後仰，坦露出線條優美的脖頸，雙腿狠狠夾住漁人的腰，腳趾捲曲，穴肉劇烈收縮。皮拉歐在穴口外頭摩擦的性器都能感受到哈德蘭的熱情，他更加發狠地往那裡撞。

「皮拉歐停！啊嗚——」哈德蘭死死抱住皮拉歐的頸項劇烈喘息，還沒緩過氣，皮拉歐就對著同一處重重砥磨，哈德蘭顫抖地噴出體液，腰腹抽搐痙攣，當皮拉歐撤離性器時，他猛然向下坐，一口吞沒皮拉歐。

那是狩獵者追尋刺激的本能嗎？還是他本性就是如此貪心，不打算放過送到眼前的獵物？

快感無處發洩，他只能垂頭抱緊皮拉歐，動情地親吻漁人的額側。

皮拉歐的五感像被蒙上一層氣泡，他感覺前額被輕柔虔誠地親吻，但那人的下腹卻隨著自己的挺動煽情地搖擺迎合，既純潔又放蕩，他想憐惜，想溫柔地回吻，又想掐著那人的腰往死裡操。想擁抱，想親吻，想將那人狠狠按進懷裡融入骨血之中，永不分離。

心隨意動，他狠狠啃咬哈德蘭的脖頸，利齒劃過狩獵者的皮膚，嘗到甜蜜誘人的血味，這是哈德蘭的血，是他喝過最甘甜的佳釀，鮮血化成熱流在身體裡四處流淌，某種比生理欲望更強大的意念占據大腦。哈德蘭是他的，他的，他的，永遠都是他的。

探入哈德蘭體內的性器驀地脹大，與腸壁緊密貼合，性器張開無數個小吸盤，吸住哈德蘭的腸壁，哈德蘭敏感地一顫，下意識想逃，皮拉歐彷彿預知他的退意，先一步按住，性器上的吸盤中心伸出細軟的絨刺，紮入哈德蘭體內。

「啊嗚——不要——」極度尖銳的快意蓋過細碎的疼痛，哈德蘭的腰腹反覆挺起，又支撐不住下沉，絨刺紮得更深，逼得他眼眶泛紅，張開嘴頻頻喘氣，唾液從無法閉合的嘴角流出。插在體內的性器彷彿火炬，讓下腹熊熊燃燒，被皮拉歐啃咬過的脖頸同時發熱發麻，身體脫離掌控，耽溺在刺激的歡愉裡，向皮拉歐完全敞開。

皮拉歐擁住哈德蘭的背脊，狩獵者似乎迷失在快感中，沉溺於他給予的歡愉。哈德蘭低低淺淺地呻吟，臀穴緊緊含住他的性器，就算收回性器的絨刺與吸盤，想從哈德蘭身體退出，狩獵者卻抗議地哼聲，抱緊他的肩背，不願他離開。

皮拉歐親了親哈德蘭頸側的咬痕，低喃：「還沒結束，哈德蘭，還沒結束。」

他握住哈德蘭的腰猛地抬起，抽出性器，在狩獵者抗議之前，將狩獵者狠狠往下按，另一根性器闖入狩獵者柔軟溼潤的肉穴，重重輾過肉壁敏感的褶皺。

「啊——哈、哈——」哈德蘭顫抖著呻吟，緊緻的穴肉箍緊入侵者反覆收縮，搖擺著腰指引入侵者進到最敏感柔軟之處，那裡還留著絨刺戳出的小洞，當皮拉歐摩擦過那細小的傷處，疼痛引起的刺激讓哈德蘭忍不住顫慄，性器不停淌出清潤的體液。

皮拉歐抱著哈德蘭的臀部一步步向湖水深處走去，被冷落許久的另一根性器挾帶著洶湧的欲望悍戾地在哈德蘭體內衝撞，次次撞在狩獵者最敏感的那處。水浪波濤層層拍打在兩人身上，湖水順著性器的撞擊湧入哈德蘭穴口，冰涼的湖水與熱燙的性器讓他又冷又熱，雙腿無力地掛在皮拉歐的手臂上，咬著性器的肉穴已被操得鬆軟熱燙，順從地吞吐那根粗壯的性器。

皮拉歐混亂的意識中只剩被哈德蘭完全包裹，他的第二根性器張開吸盤，伸出絨刺，牢牢鎖住哈德蘭的行動。哈德蘭全身發顫，腰臀抖得不能自已，身前的硬挺再也噴不出任何東西。他被快感逼到極限，意識輕巧越過某道門，沉入一望無際的海洋，甘願讓皮拉歐對他的身體為所欲為。這是來自哈德蘭最大限度的縱容，也將是皮拉歐最徹底的放縱。

據說拯救者與被拯救者之間會連上一條看不見的線，那是纏繞的因果，而他們拯救過彼此無數次，交付彼此的性命無數次，因果的線早已層層纏繞，密不可分。若世界上真有一個人能完全屬於對方，不容分割與妥協，那哈德蘭就是皮拉歐的，皮拉歐也是哈德蘭的，無庸置疑。

斯堪地聯邦冒險手記

CHAPTER TWENTY-FOUR

第 24 章

The Tales of Skandia Federal

香濃的燒烤味竄進哈德蘭的鼻腔，誘得他猛吞唾液，忍不住伸手去搶那油得發亮的雞腿，那雞腿分明已經熟透，卻突然跳起來邁著短腿奔跑，他急追在後，隨手拿起弓箭一射，將油亮的雞腿釘在地上。

「還想跑。」他輕哼著拔出箭矢，拿起雞腿用力一咬，雞腿肥美多汁，他啃食乾淨，將骨頭隨手拋在樹林裡。摸著肚子，明明吃了一隻雞腿，卻一點飽足感也沒有，反而更餓。

樹林那頭傳來陣陣焦味，他咂著嘴撥開樹叢，看見皮拉歐蹲在火堆前，手裡轉著另一隻雞腿，雞腿烤成半焦，哈德蘭連忙走過去制止，「快烤焦了。」

「你不是喜歡吃烤得黑黑的嗎？」皮拉歐不解。

「偶爾也想換個口味。」他伸手接過那隻雞腿，張口咬下，雞腿表皮焦脆。嘴邊的油脂滴落，霎時火光四起，他瞬間被火舌吞沒，熾熱的烈焰從皮膚向內灼燒，焚過四肢百骸，他渾身又燙又疼，拚命在火焰裡掙扎。

「哈德蘭！」皮拉歐動作快速地抱住他一同跳入水中，冷涼的湖水從五官同時灌入身體裡，順著血液流動與體內的烈焰爭鬥，冰冷與炙熱在體內反覆拉扯。他在水中扭曲身體，試圖嚥下更多湖水，澆熄身體裡熾熱的烈火。

好半晌，湖水戰勝體內的火焰，他鬆懈之餘感到頸側微微發癢，伸手摸了摸脖頸，卻癢得更厲害，他禁不住去抓，愈抓愈癢，抓下不少皮屑，頸側通紅發熱。某種東西忽然箝制住哈德蘭的手腕，略帶氣音的聲調道：「別抓，它很脆弱。」

什麼東西很脆弱？哈德蘭滿腹疑惑，又聽見那聲調重重嘆息，「我不知道會這樣，哈德蘭，我真的不知道，我不是故意的。雖然我想過很多次，但不是這樣，不應該是這樣。哈德蘭，你別生氣，別生我的氣。」

祈求原諒的聲調溢出濃烈的愧疚，讓他聽得心疼。他知道說話的人是誰，那人應該自信果敢意氣風發，無論何時何地，無論任何困境，都會勇往直前，絕不是像現在這樣，宛如一頭困在陷阱裡的野獸，痛苦又悔恨。

他迫切地想安慰那人，想說沒關係，不管自己身上發生什麼事，那人都不是存心有意，他知道。他奮力劃破迷霧，以強大的意志力迫使自己睜開眼，這裡沒有雞腿與樹林，只有水浪滔滔，眼前似有一道暗膜，隱約看見浮游生物漂過，跟隨在後的是幾條黑白小丑魚。

是夢，一個被火焚燒的夢。

一條精壯手臂橫在他的腰腹，身後緊貼著熱燙的身軀。「皮拉歐。」他喃喃自語。

「哈德蘭——」哈德蘭在漁人的懷裡轉過身，皮拉歐的神色如預期的灰暗，彷彿正承受一切的苦難，「哈德蘭，我很抱歉，別生我的氣，你罵我吧，多罵幾句，只要不高興就罵，只要別生我的氣，別不理我。」

「什麼事？」哈德蘭沒搞清楚發生什麼事，「怎麼了？」

「你……」皮拉歐遲疑數秒，「你跟我，我們交配了。」

「好好說話！」哈德蘭慶幸此刻在水裡，才能遮掩發燙的臉頰。

「我不知道是怎麼發生的，我不應該在你還沒答應之前這麼做。我會回去問問大長老有沒有辦法幫你恢復，我一定會想辦法，會負起責任，你、你別生氣——」

哈德蘭試圖釐清現況。他在那場過於刺激的性愛中暈厥，最後的印象只剩漁人精力充沛以雙頭性器反覆插弄他。如果皮拉歐態度的轉變是因為發生性行為，那或許頗為合理，畢竟漁人比起人類純情得多。

「好了，別想太多。我們先上岸——」話說到一半，哈德蘭猛然驚覺不對勁。他瞪著眼前的漁人，後知後覺地發現兩人同樣全身沒入湖中。他怎麼能在水裡說話？怎麼能呼吸？

皮拉歐小心翼翼地問：「那我們一起？」

他何曾見過皮拉歐如此低聲下氣？哈德蘭神色複雜，下意識撫摸泛癢的脖頸，意外在那裡摸到一絲裂口與一小片薄膜。他倏地停住腳步，回頭湊近湖面，望著自己晃動的倒影。湖面的倒影並不清晰，他看不清脖頸有何異狀。皮拉歐輕聲提醒：「摸它的時候輕一點，它很脆弱。」

「這是什麼？」哈德蘭問。

「呃，我們在水裡呼吸時都用那裡。」皮拉歐神色不安地回答：「你不喜歡的話，我會去找大長老問問怎麼解決。」

哈德蘭怔愣地望著湖面。湖面倒影裡他還是他，兩隻眼睛，一個鼻子，一個嘴巴，沒有變。似乎只是脖頸間開了條極其隱密的細縫與膚色的薄鰓，單用看的甚至無法察覺。不只如此，還多了個能在水中呼吸的優勢。他會變成漁人嗎？他還是人類嗎？

「哈德蘭。」皮拉歐的神色充滿悔恨與自厭，「一切都會沒事的，我一定會想辦法讓你恢復到轉化之前的樣子，別難過。是我的錯，都是我的錯，我一定會想辦法，相信我，拜託。」

哈德蘭望著湖面發呆，一時間難以接受身體特徵的轉變，「你之前說只有司琴者有能力轉化他的伴侶，是因為我們做了嗎？」

「嗯。」皮拉歐的回應很輕。

哈德蘭又發了一會呆，皮拉歐手足無措，在這期間烤了好幾條焦黑的魚，討好地遞到面前。他拒絕了，皮拉歐就落寞地坐在離他不遠處，靜默地陪伴。良久，哈德蘭問：「我會發生什麼事？」

「可以在水裡呼吸、說話、進食等等，如果你問的是這個。」皮拉歐轉述聽過的傳言，小聲地問：「你還生氣嗎？」

「不。」哈德蘭搖搖頭。與其說生氣，倒不如說沒有心理準備，身體突然長出新特徵，怎麼樣都會有些失措。但他在世界闖蕩多年，見過各種奇形怪狀的生物，在野外狩獵時，也沒有太多時間可以懊悔。與其檢討過去，不如面對現實。

哈德蘭看向惶然不安的皮拉歐，嘆出一口氣，皮拉歐彷彿被人當面揍了一拳，露出比哭泣還難看的扭曲笑臉，「變得跟我一樣，這麼令你難以忍受嗎？」

哈德蘭仔細端詳漁人的外貌，從皮拉歐脖頸上的薄鰓到四肢青綠的魚鱗。他檢查自己的手臂，手臂與大腿並未長出任何鱗片。「還是不一樣的。」他輕聲說。

他在岸上沒有感覺不適，也不畏懼靠近火堆，食物還是想吃熟的，想用鼻子呼吸還是可以用鼻子，習慣用雙腳在地上走路。這一切都和他人類時的習慣一樣，這一次的意外轉化，似乎沒有替哈德蘭帶來麻煩。

他瞥向神色灰敗的皮拉歐，招了招手。皮拉歐打起精神湊過去，「哈德蘭，你還好嗎？不喜歡的話，我們一定會找到方法解決。這本來不應該發生，相信我，我不知道當時發生什麼事，如果沒有你的允許，我不會這樣做，我知道說再多都是藉口，但是——」

他以一個吻堵住皮拉歐喋喋不休的懺悔。皮拉歐為了救他才受傷，他為了救皮拉歐才有性愛與轉化，若要究其原因，他們分不清誰是誰的責任。

「哈德蘭，你原諒我了嗎？」皮拉歐貼著他的唇問。

「我不知道會發生這種事，但不後悔救你，所以沒什麼原不原諒。」哈德蘭停了一秒，「我只是……不太習慣。」哈德蘭在皮拉歐胡思亂想之前，又吻了吻對方。他終究看不得皮拉歐垂頭喪氣，看不得皮拉歐惶然不安地討好。他以前所未有的柔軟語氣道：「我說了，通常人類會給拯救他的英雄一個吻，並且跟著英雄回家。」

皮拉歐怔怔望著他，倏地收緊擁抱的雙臂，親吻他的脖頸，舌尖舔過他的薄鰓，他泛癢地瑟縮。「哈德蘭，哈德蘭，哈德蘭。」皮拉歐低喚：「我認定你了，你只能有我一個，我也只會有你一個。不管未來發生什麼事，我一定會遵循本心，遵守我的誓約，你絕不會後悔。」

哈德蘭撫摸漁人柔軟的白髮，感受相貼的軀體傳來強而有力的心跳，他彎起唇角，在皮拉歐的側臉吻了一下，皮拉歐隨即轉頭過來猛烈而快速地回吻他。那侵略性的吻不久便轉為纏綿悱惻的長吻。哈德蘭擁緊勒住他的強壯臂彎，以往空蕩蕩的胸腔被熱燙的暖流淹沒。

他的呼吸噴在皮拉歐嘴裡，無聲地回應。我也剩你一個了。

巨木群頂端偶有幾隻藍喉北蜂鳥飛過，露水從紅杉木的枝椏滴進鳥人巨大的巢裡。

「我沒聽過摩羅斯科，不過照你的描述，人類的黃金盞效用衰退，確實跟橫笛的情況很像。」大爺爺陷入深思，「這只是我的推測，如果黃金盞與橫笛來自同一處，你們應該尋找相對應的黃白金礦修復它。」

「黃白金礦？」哈德蘭從錢袋裡撈出一枚純金打造的硬幣，「你說的是像這種嗎？」

難道有人暗中得知這消息，才大肆在斯堪地聯邦收購黃金？

「不。」大爺爺扇了扇左翅膀，「黃白金礦像你們這次取得的紅白金礦，蘊含自然純淨的能量，一靠近就會知道。」

「事實上，我靠近紅白金礦時有很不好的感受。」哈德蘭坦白道：「那是一種很不舒服，很壓抑的情緒。」

「不應該啊，這與我們傳承下來的耳語不符。」大爺爺發出宛如苦惡鳥的輕嘯，祖克鳥湊近他身側，兩者相互以鳥鳴聲溝通。

哈德蘭漫無邊際地想，比起漁人，鳥人倒是更加社會化，各個都能說一口標準的斯堪地語，若非見到此景，他差點忘記鳥人應當也有自己的語言。

半晌，大爺爺慢吞吞地說：「你知道橘桔以前的棲息地就是斯特龍博利山口吧？」

「咦？」哈德蘭愕然地望向祖克鳥，「你居然能住在那麼燙的地方？跟那些紅勳蠍一起？」

「那裡的火山已經休眠超過兩千年，也沒有紅勳蠍，直到一百年前火山突然噴發，橘桔和牠的伙伴被迫向東南方遷徙。我聽說不少小橘鳥留在斯堪地大陸，被探險隊公會捕捉受訓。」

鳥人主動提及探險隊公會訓練鳥禽，哈德蘭難免有些不自在，「一百年前似乎發生多次動物大遷徙。」

大爺爺斜瞪他一眼，「後來斯特龍博利山口的岩漿裡爬出紅勅蠍，逐漸占據整個火山口，讓我們再也不能靠近神聖的紅白金礦。唉。」

「幸好最後還是拿到紅白金礦了。」哈德蘭試圖寬慰他。

「不提這個，我剛剛問橘桔關於一百年前的異變，橘桔說，當時牠們聽到石塊碎裂的聲音，某種難以忍受的惡氣忽然竄出來，接著火山噴發。這股惡氣可能是你不舒服的主因，不是紅白金礦造成。想想看，這一路上你拿著紅白金礦，有感覺不對勁嗎？」

哈德蘭仔細回想，不得不承認大爺爺的推測準確，但撇除紅白金礦的疑慮，他還有其他更想打聽的事，「你們還知道有哪些地方也出現氣候異變嗎？」

「就我所知，各地都有聽聞氣候異變，但只有斯特龍博利山口出現紅勅蠍。」大爺爺神色嚴峻，「也許是因為只有那裡有紅白金礦。」

某種異樣的猜想忽地浮上哈德蘭的腦海，「能不能這麼推測，雖然處處都有氣候異變，但異變的生物例如紅勅蠍，只會被紅白金礦吸引，才聚集在斯特龍博利山口。」

「就現況來看，這是導果為因。」大爺爺平實地提出意見，「但這確實是我的猜想。」

哈德蘭舔著乾燥的下唇，「我大膽假設，斯堪地大陸發生氣候異變的區域，若出現大規模動物遷徙，或聚集異變的生物，那就可能是有黃白金礦存在之處。」

像厄斯里山、斯堪地大草原、埃德曼莊園後方的樹林，或者——伊爾達特？若往深處思考，伊爾達特特有的黑蟄蠍和長在黑蟄蠍后心臟的藍玫瑰，恰好能對應斯特龍博利山口的紅勅蠍與紅白金礦。

「不無可能。」大爺爺緩緩扇動羽翅，「你有想法了嗎？」

哈德蘭低聲道：「死亡沙漠在兩百年前，也曾經是富饒之地。」

他旅程的起點，人生的節點，都在那裡。

「對了，你們離開之前把這帶走吧。」大爺爺讓殷瑣遞給哈德蘭與皮拉歐一些赤紅色的毬果，「這是特種紅杉木的果實，吃了能恢復體力，也能養傷。」

哈德蘭將赤紅毬果收進行囊，又朝皮拉歐勾手。皮拉歐靠近他，與他相互抵額，吐息繚繞，他用指尖撫摸皮拉歐的後頸側，挑起那片薄鰓輕輕摩挲，皮拉歐敏感地縮著後頸，仍老實地任他撫摸，他忍不住微笑。

「我得回總部一趟。你去做你的事，等我們解決彼此的麻煩，我會去找你。」哈德蘭轉頭交代奧菲，「麻煩你送皮拉歐去北之海域。」

「大爺爺讓我支援你們，這沒什麼。」奧菲爽快地拍著皮拉歐的肩，「你要回去拿豎琴嗎？讓我見識一下是你的豎琴厲害，還是我的橫笛厲害。我這次沒帶橫笛出門，正好可以試試你上次在火山口那招——」

「閉嘴。」皮拉歐頭疼地向哈德蘭投去一道求救的目光，「哈德蘭，我不要跟這傢伙一起飛。」

「我趕著回總部，沒空繞到北之海域，奧菲會照顧好你。」哈德蘭略感抱歉，湊過去親皮拉歐的臉頰，指尖再度撫過漁人的後頸。皮拉歐輕顫一下，咕噥道：「你不能總是這樣摸我。」

「那親親你？」哈德蘭好笑地問。

皮拉歐緊抿唇，從齒縫間吐出一句話，「不。」

哈德蘭微愣。

「我能自己去北之海域。哈德蘭你不需要替我操心，也不必摸我親我哄我，目的卻是替我著想，我沒那麼不識相。你去做你的事，我去做我的事，完成任務後，我一定會去找你。」皮拉歐神情嚴肅地湊近狩獵者，在他唇上烙下一吻，「下次你親我，是因為你想親，別為了我。」

祖克鳥盤旋在雲層間，哈德蘭透過雲絮看見探險隊公會聳立的老鷹旗幟，他搓著下巴新生的鬍渣，讓祖克鳥降落在隱蔽的樹林深處。

總事務官來信約在總部會面，十之八九是個陷阱，但以他通緝犯的身分，若是遲遲不回總部洗清罪名，只怕時日一長罪名做實，就得一輩子當個逃犯。眼下看來，最好的方式是先潛伏著靠近總部，暗中找到總事務官解釋推論的一切，讓總事務官撤回通緝令。

哈德蘭打發祖克鳥，挑了棵枝葉繁茂又高大的左藤樹攀爬，遠遠窺視總事務官辦公室。辦公室內拉上窗簾，看不出任何動靜。他在左藤樹上待到太陽下山，辦公室點起燭火，窗簾映現出伏案桌前的半身人影。

正要行動時他忽地嗅到甜膩的薛曼花香氣，連忙閉住呼吸，縮進左藤樹的枝葉中。一刻鐘後，十數名盔甲士兵進入樹林中進行大規模搜索。哈德蘭透過枝葉縫隙看去，辨認出盾牌上鑲嵌的麟花與八叉鹿角，那是柯法納索瓦公爵的私兵。

哈德蘭等這群士兵搜索無果退出樹林後，才從左藤樹盪到建築物附近的尼瑯樹，再垂降到探險隊公會三樓露臺。他向下探頭，輕敲二樓木窗，透過光影變化察覺窗簾被拉開，窗戶向兩旁外推，他迫不及待地盪進辦公室。

「杜特霍可，晚安。」男人坐在辦公桌後方，斜靠著椅背微微扯動嘴角。那遠遠不到笑的幅度，短短的八字鬍將他的雙唇襯得冷情苛薄。

哈德蘭面無表情，「雪禮詩伯爵，晚安。」

「你可真會跑，幸好你的好朋友知道怎麼樣才能成功和你說上話。」雪禮詩伯爵冷哼。

哈德蘭的視線瞥過站在窗邊的盧考夫，他看起來比前次分別時更加滄桑，臉上新添了幾道傷，一道疤劃過左眼角，再偏一點就會失明。盧考夫整個人宛如他腰間那把艾斯達卡冰刃，帶著森冷的戾氣。

「總事務官在哪裡？」哈德蘭問。

「這不是你需要操心的。」雪禮詩伯爵單手撐著頰，「你不如操心自己，你似乎對於自己的處境一無所知。」

「不就是你們需要我嗎？」哈德蘭嘴唇微掀，「我可不是有求於人的那個。」

雪禮詩伯爵沉下臉，「看在麗朵娜的分上，我本來不想這麼做。」他敲了木桌幾聲，房門大開，一隊士兵出現在門後。「綁起來。」雪禮詩伯爵喝道。

哈德蘭伸手按在腰間準備抽刀，盧考夫早一步站在身後握住他的刀鞘，沉聲道：「勸你最好不要。」

哈德蘭對上盧考夫平靜無波的眼神，驀地放開武器束手就擒。士兵將哈德蘭押上一輛低調的馬車，盧考夫抱著艾斯達卡冰刃坐在對面，馬車拉下窗簾看不出目的地，只能就顛簸的程度推斷他們即將出城。他試探性地朝盧考夫搭話，「我以為我得接受探險隊公會的審訊。」

盧考夫沉默不語，只是盯視他，似是怕他逃跑，身側的士兵同樣虎視眈眈。哈德蘭打消談話的興致，向後調整舒服的姿勢，趁機閉目養神。許多疑問充斥在腦海中，總事務官還好嗎？盧考夫為什麼和雪禮詩伯爵在一起？探險隊公會已經完全被貴族掌控了嗎？

無論如何，能再次見到盧考夫，他無疑是高興的。前一次的不歡而散隨著時間逐漸消散，他當時在氣頭上，話說得很重，仗著十幾年的交情硬逼盧考夫道歉，事過境遷，現在回想起來，倒也有些後悔。

他們曾因看法各異而爭吵，盧考夫的個性比哈德蘭更硬更直，脾氣上來說幾句難聽話也是屢見不鮮，但從未有哪次爭吵嚴重到拋棄十幾年的生死之交。在皮拉歐被火重傷後，他徹底傾向皮拉歐，但不代表盧考夫對他不重要。

雖然現在面對盧考夫會想到皮拉歐的傷，心裡有些矛盾，但理智上作為長期替斯堪地聯邦服務的狩獵者，哈德蘭能理解盧考夫的思考與立場。立場相異，各為其主，自然就有不同的行為反應，但有一件事卻是不論立場永不會改變。

「嘿。」哈德蘭閉著眼，嘴唇微掀，聲音很輕，「我當時威脅說你若不道歉，我們就不再是朋友，那不是真心的。不管你怎麼想，做過什麼事，在我心裡一直都當你是兄弟。」

立場相異的兄弟也是兄弟，互相傷害的兄弟還是兄弟。盧考夫眼神微閃，抿緊下唇一言不發，安靜得宛如吸飽雨水的土壤。

馬車在一路沉默中行駛進更深的月色。哈德蘭在馬車停止時睜開眼睛，他被一旁的士兵粗魯地押下馬車，盧考夫走過去低聲道：「我來。」

士兵瞥向一旁的雪禮詩伯爵，雪禮詩伯爵微微點頭，士兵退到後方，一行人走進一棟小型別莊。哈德蘭被領到一間接待外賓的大廳，別莊主人正坐在沙發上翻看《大聯合報》，「杜特霍可閣下，很抱歉在這種情況下見面。」

「柯法納索瓦公爵，晚安。」哈德蘭並不意外此刻見到現任摩金，出現在探險隊公會附近樹林與羈押他的士兵，盔甲上都有著麟花與八叉鹿的徽紋。

「你們對杜特霍可閣下太無禮了。」柯法納索瓦公爵的態度親和，「請解開他的束縛，他是我們的貴賓。」

盧考夫上前一刀挑斷哈德蘭手腕上的繩結。柯法納索瓦公爵揮手，士兵們全退到門外，帶上門。「請坐，杜特霍可閣下。」柯法納索瓦公爵拉響繩鈴，吩咐女僕，「給我四杯熱茶。」

哈德蘭坐在柯法納索瓦公爵對面，柯法納索瓦公爵親切地詢問近況，與他閒話家常，他簡潔回覆幾句。等女僕端上熱茶，眾人各喝了一些，柯法納索瓦公爵將茶杯擱在一旁。

「你欠斯堪地聯邦一朵藍玫瑰，希望你能歸還它。」他的口氣溫和，彷彿僅是要求哈德蘭還本書。

「我不認為我欠了什麼。」哈德蘭平靜以對，「狩獵者受命尋找貴重之物，若是找到了，東西歸探險隊公會；若是找不到，就再接別的任務，沒有誰欠誰。」

「杜特霍可閣下，在你找到藍玫瑰的當下，藍玫瑰就歸探險隊公會，而一級貴重物品皆屬於斯堪地聯邦的財產，那朵藍玫瑰也是一樣。未經許可私自使用不屬於你的財產，斯堪地聯邦必須予以懲戒。不過基於過往的優異表現，我們認為應當給一次機會，讓你繳交藍玫瑰賠償過失，將功贖罪。」

哈德蘭微笑，「爵爺，你大可在審議庭提出這番論述，卻沒有這麼做，因為你我都知道，以這個理由通緝我是站不住腳的。我沒找到藍玫瑰，並未正式呈報，也未繳交給探險隊公會，公會沒有記錄，藍玫瑰只是傳說。」

「誰都知道你從伊爾達特帶出藍玫瑰，還把那朵藍玫瑰用在漁人身上。」雪禮詩伯爵插嘴道：「在埃德曼莊園的貴族都知道。」

哈德蘭輕笑出聲，「你說我把藍玫瑰用在漁人身上，有誰看到了？」

「當然是——」雪禮詩伯爵轉向盧考夫，盧考夫輕輕搖頭。

「那藍玫瑰在哪裡？」雪禮詩伯爵氣勢洶洶地問。

「我說過沒找到藍玫瑰。」哈德蘭堅定地覆述。

柯法納索瓦公爵垂眸思索，半晌後說：「我不想過於為難老埃德曼爵爺的孫子，畢竟當年老埃德曼爵爺跟我也有些交情，但關於藍玫瑰，無論你有什麼理由，總要給斯堪地聯邦一個合理的交代。不如我以摩金身分代表斯堪地聯邦與你談場交易？」

哈德蘭斂起笑容，「洗耳恭聽。」

「我會支援一隊士兵與所有裝備，只要你答應再進一次伊爾達特，帶回一朵藍玫瑰，斯堪地聯邦就撤銷全境通緝令。」

「我看不出這對我有任何好處，你們沒有理由發布我的全境通緝令，也沒有權力這麼做。你們本來就該撤銷全境通緝令，還必須賠償我損失的名譽。」哈德蘭寸步不讓。

「哈，老埃德曼爵爺養出來的孫子，果然不同凡響。」柯法納索瓦公爵失笑，「你既然願意談，那就說明有想要的東西，說說你的條件。」

「我可以再進一次伊爾達特，但不能保證一定能找到藍玫瑰。」

雪禮詩伯爵聞言不滿地哼出一聲，哈德蘭充耳不聞，「我會盡力尋找，以狩獵者的名譽發誓，但是你們必須了解伊爾達特很艱險，能否找到藍玫瑰全憑運氣。」

「我充分理解。」柯法納索瓦公爵頷首，「你想要什麼？」

「撤銷我的全境通緝令，釋放總事務官，然後——」哈德蘭看了一眼盧考夫，「盧考夫得跟我進去伊爾達特。」

柯法納索瓦公爵瞥向一旁沉默至今的狩獵者。盧考夫沉聲道：「我答應。」

「我還有一個條件。」哈德蘭繼續說：「若我們成功從伊爾達特返回，不管結果如何，你們必須還盧考夫自由。」

盧考夫眨了一次眼，握著尖刀的指掌悄然收緊。柯法納索瓦公爵一頓，「你誤會了，克雷斯特是自由的，只是為我們工作。」

「是嗎？」哈德蘭並未挪開直視柯法納索瓦公爵的目光，「請解除任何條件，讓他能以自由意志決定要接什麼任務。」

柯法納索瓦公爵端詳他，「你的要求耐人尋味，讓我不禁懷疑你不清楚他曾經犯下什麼罪行。但看在老埃德曼公爵的分上，我不會為難你與你的朋友，我答應你。」

「交易成立，就請雪禮詩伯爵做見證人吧。」哈德蘭道。

柯法納索瓦公爵命令女僕送來青杉木紙捲與徽印，寫好雙方交易內容，讓哈德蘭確認後，兩人與雪禮詩伯爵分別蓋上家族徽印，紙捲交由哈德蘭收藏。

柯法納索瓦公爵輕描淡寫地說：「杜特霍可閣下，你還誤會一件事。我們並未限制烏迪總事務官的自由，他只是罷工了。我也不知道他在哪裡，你不妨問問切爾西或羅賓，畢竟你的通緝令是探險隊公會會長親自簽發的。」

「我比你預期的更忙碌，我親愛的弟弟。」米夏蘭斯基公爵擱下待批閱的文件。

羅賓的視線從互相撞擊的數個擺球上移開，感嘆道：「你這小巧具真有趣。卡托納工坊一做出什麼好玩的就會送到你這來，你又不感興趣，不如轉送我。」

米夏蘭斯基公爵的食指以一種緩慢的節奏輕敲木桌，「身為探險隊公會會長，我以為你現在應該很忙碌。」

「是啊，我『現在應該』很忙碌。拜你所賜，我的總事務官罷工了。」羅賓垂下眉，模仿恩爾菲斯特嚴厲的語氣，「『探險隊公會應該獨立運作，貴族不得干涉』，他這麼說真可愛。」語調帶著一點甜蜜的寵溺。

「他現在不出現對所有人都好。」米夏蘭斯基公爵不置可否，「你浪費我這麼多時間，就是來這裡炫耀你們感情好？」

「我可是替你節省不少時間，照你和摩金大人的意思，簽發哈德蘭的全境通緝令。恩爾氣得都不想跟我說話了，他很看重哈德蘭，對於摩金大人要求他簽發哈德蘭的全境通緝令這件事感到很生氣。」羅賓輕笑，「真是可愛。」

米夏蘭斯基公爵聽出弟弟的來意，羅賓說得輕鬆，目的還是想為恩爾菲斯特探聽哈德蘭的處境。「柯法納索瓦那老傢伙聯合幾個貴族想找藍玫瑰，哈德蘭是唯一從伊爾達特帶出藍玫瑰的狩獵者，他們不會對他怎麼樣。在這方面順著那些老傢伙的意，正好能放鬆他們的戒心，對於接下來要查的事會更方便。」

「那老傢伙忙著喘氣，居然還有心思去管藍玫瑰？」羅賓語帶懷疑，「藍玫瑰又不能延年益壽，老傢伙也就算了，其他人這麼執著是為了什麼？」

「那隻老狐狸一向很有人望，很擅長言語的小把戲，讓你相信需要某種根本用不到的東西。先是黃金，再來是藍玫瑰。」米夏蘭斯基公爵垂下眼，指節持續輕敲桌面，「大部分貴族的腦袋只是擺設。」

「黃金？」羅賓意外地問：「啊，所以真的有人暗中收購黃金。」他嗤笑，「就是那老傢伙，與那些笨得相信他的黨羽？難怪斯堪地聯邦要放出收購消息，原來是為了掩蓋這件事。」他一頓，「等等，為什麼是黃金？」

「你的消息很不靈通，我可不是專門來替你解惑。」米夏蘭斯基公爵冷哼，「看在血緣的分上，我得容忍你的無知，真是不幸。」

「你需要探險隊公會站在你這邊，而我看在血緣的分上會這麼做，這就是你得容忍我的原因。」羅賓好整以暇地道：「親愛的哥哥，說吧，你還知道什麼？」

「黃金盞的效用衰退了，那些愚笨的貴族認為利用黃金就能修復它，可笑。」米夏蘭斯基公爵改以拳頭輕敲桌面，「考慮到年紀，柯法納索瓦一定比其他貴族更著急，蒐購黃金、通緝哈德蘭尋找藍玫瑰都是他幹出來的。」

「這些可以想像，說點我不知道的事。」羅賓挑起眉，「你的人就只查到這點消息？」

米夏蘭斯基公爵端詳羅賓，好似在思考分享下一個消息值多少價值，半晌他緩緩啟唇，「貝索里尼和那老傢伙有聯繫，他是伊索斯聖堂的平民聖徒中首要資金捐獻者之一。若我是你，會去查一下伊索斯聖堂，那些尋求藍玫瑰的貴族多半都是伊索斯聖堂的捐獻者。」

斯堪地聯邦冒險手記

CHAPTER TWENTY-FIVE

第 25 章

The Tales of Skandia Federal

哈德蘭在出發進伊爾達特前夕接到一項出人意料的私人請託。

踏進帕拉瑪莊園時，雪禮詩伯爵的臉色難看得像被迫喝上一壺難喝的小葉丁茶，彷彿掙扎許久才決定邀請他。雪禮詩伯爵與他言不及義地談了數分鐘，突然提起提姆斯基，又質疑現任埃德曼公爵繼承爵位的資格，哈德蘭不確定對方來意，隨口敷衍幾句，卻似乎讓雪禮詩伯爵會錯意。

「若是成功帶回藍玫瑰，我會全力支援你當上埃德曼公爵，必要的時候，我的軍隊也會為你所用。」

這個承諾完全出乎哈德蘭的預料，他從未想過爭奪爵位，不過他沒有一口回絕，想藉機探查雪禮詩伯爵的目的。然後他見到雪禮詩小姐，她穿著他們初識那日同樣的長洋裝，裙襬綴著多重蕾絲與薄紗，左腕戴著那條蠍獅手鍊，笑得一臉淘氣。她伸出右手停在半空中，好似在等他邀舞。

哈德蘭扯開禮貌而克制的笑容，彬彬有禮地伸出手。少女在他懷中迴旋，雙頰泛紅，眼神閃動著愛慕，哈德蘭別開視線，指掌輕輕搭著她的腰，盡量不碰觸到對方。一曲結束，少女順勢依偎進懷裡，微微仰視他羞澀地問：「哈德蘭，你覺得我跳得好嗎？」

「不錯。」哈德蘭不冷不熱地回答。

「那你想永遠跟我跳舞嗎？」少女又問。

哈德蘭垂眸凝視她的笑顏，心底浮現某種異樣感。他記得自己隱晦拒絕過雪禮詩小姐，為什麼雪禮詩小姐像是毫無記憶，再度暗示他來求娶？

「很抱歉，雪禮詩小姐。我不常出現在社交季中，您也許更願意與其他貴族共舞。」

「不一定要在社交季才能跳舞，只要你開口，我就會一直一直一直陪你跳喔。」少女執拗地道。

哈德蘭微微瞇起眼，那種異樣感再次出現，「很抱歉，我……」

「杜特霍可，玩耍的時間結束了。」雪禮詩伯爵的聲音突兀地響起，「來談談你的任務吧。」

哈德蘭退開，行了半個紳士禮，跟在雪禮詩伯爵身後離開舞廳，踏入幽深的長廊。

「你覺得我的麗朵娜如何？」雪禮詩伯爵的聲音陷入緊繃。

「她很好。」

雪禮詩伯爵幾不可聞地鬆了口氣，「如果你安全回來，沒有少了胳膊斷條腿，我願意把她嫁給你。」

哈德蘭震驚地瞪著雪禮詩伯爵的背影，後知後覺地領悟到對方想幫他爭取爵位的主因。

「那是不可能的，我不會娶她。」哈德蘭的聲音低沉嚴肅。

「你是在嫌棄麗朵娜嗎？」雪禮詩伯爵提高音量，聲調難掩怒氣。

「爵爺，雪禮詩小姐很純粹，所以請務必讓她嫁給一位會將她放在第一位的紳士。她值得擁有全心全意的感情與寵愛，這位幸運的紳士會讓她的靈魂綻放千萬朵麟花，他們會共享溫暖的喜悅，她每天起床第一件事就是因為生活愉快而微笑，這是她應得的。但這個紳士不會是我，一定有比我更適合的紳士讓雪禮詩小姐綻放出獨屬於她的芬芳。」哈德蘭的聲音誠摯，每一個字都帶著感情。

這番言論帶來將近五分鐘的沉默，雪禮詩伯爵這才冷哼。「你比我想得還會搬弄口舌。」聲音裡已不見怒意。

哈德蘭露出很淺的微笑。只要感受過皮拉歐熱烈赤誠的情意，體會過碰觸對方心裡就會湧起的溫暖，他就不可能再接受別人。那種光是想像見到對方就想微笑的情感，他發自肺腑地希望無論是誰都有機會感受，特別是在情感表達上同樣真誠的雪禮詩小姐。

「爵爺，容我冒昧，雪禮詩小姐似乎在記憶上……」

「停。杜特霍可，你干涉太多了。」雪禮詩伯爵將他帶到一間客房，「你唯一要關心的就是你的任務。你最好睡飽一點，明天和克雷斯特一起出發，去把藍玫瑰帶回來。」

厚實的木門隔絕哈德蘭的視線，他掀開厚重繁複的窗簾，透過木窗向外凝視。

帕拉瑪莊園的夜晚給人某種極度壓抑的氛圍，他睡得不算安穩，在夜半被門外雜沓的腳步聲吵醒，他貼著木門聆聽，聽到侍女細碎的耳語。

「小姐又發病了，這次叫得特別厲害。」

「小聲一點，爵爺特別交代不能讓住在這裡的貴客知道。」

「記得小姐以前不是這樣，那時她多溫柔親切，現在卻瘋得厲害，是不是被什麼東西纏上了？」

「別胡亂猜測，醫官說這是另一位小姐的活動時間，只要滿足另一位小姐的需求，她就會安定下來，睡在小姐體內。」

「真希望小姐能快點恢復正常，有時候夜晚聽到她的叫聲，還以為有野獸闖進莊園裡。」

「別說了，快走吧。」

哈德蘭垂眸，這或許就是雪禮詩伯爵想隱瞞的真相，難怪雪禮詩小姐的表現與在社交季見到時差很多，心智年齡像是退化到不懂人情世故的天真年歲。他能理解雪禮詩伯爵為女兒的未來打算，也倍感同情，但絕不可能因此賠上自己的感情與婚姻。哈德蘭重新躺回床塌，帶著重重的思緒入睡。

睽違多日，哈德蘭再度來到伊爾達特的邊界。

他與盧考夫並肩騎在前頭，一隊十人士兵隨行，士兵身上各個裝備仿造黑螯蠍的大螯與一小瓶黑色液體，後者是探險隊公會的藥劑官抽取黑螯蠍的血稀釋後調製，用以迷惑黑螯蠍。跟著他們的士兵很沉默，甚至對哈德蘭有些警戒，士兵們只聽指揮官伊爾文的指令，一群人在沙漠之中行動，無人發言，風塵滾滾。

哈德蘭瞄過盧考夫剛硬的側臉，又瞥向身後那群士兵，暫時放下交談的心思。

太陽下山後，哈德蘭停在紅礫土區。「就在這裡紮營吧。」他向伊爾文道：「每個帳篷前後都要升火，讓帳篷夾在營火之間。」

士兵們在伊爾文的指揮下搭起帳篷，升起火堆，哈德蘭也架起自己的帳篷。他與盧考夫並未說話，卻維持往日的默契，分頭巡視四周，清除附近有毒的植物。哈德蘭結束巡邏回到帳篷前，將白日獵到的紅蜥蜴串在短刀上，架在營火上方轉動烘烤，油脂滴進火中，香味撲鼻，火焰倏地熊熊竄起，恰巧遮住對面士兵們探詢的視線。

盧考夫在他身側坐下，默不作聲地烤著一隻紅漠蛙。火焰劈啪的聲響在寒冷的夜裡湧起暖意。「對不起。」極低極輕的道歉從盧考夫幾乎未曾掀動唇瓣的嘴角飄出。

哈德蘭望著明亮鮮活的火焰，「為了什麼？」

「為這一切。」盧考夫自嘲地笑，「我把這一切和自己搞得一團糟。」

「你身上的傷是怎麼回事?」

「我以前有個喜歡的女孩,多年前被勞倫諾.貝克奇折磨至死。我得到消息,把勞倫諾打了一頓,他死了。」盧考夫的聲音毫無情緒,「審議庭判我死刑,但允許以鬥獸場的五十場勝利代替。我答應後進了鬥獸場,打贏三十場比賽,然後有一天雪禮詩伯爵說,我可以接一個任務來抵銷剩下的二十場勝利。」

「抓我。」哈德蘭心平氣和。

「沒錯。」

「你後悔嗎?對這一切?」

盧考夫沉默數秒,垂下眼眸,「雖然把這一切搞得一團糟,也把人生搞得一團糟,但不,我不後悔。在每個時刻,我都做了唯一會做的選擇,這就是我的人生,重來幾次都一樣。」

「那就別再道歉了,做你該做的事,你沒欠我什麼。」

「有,對於用火燒傷皮拉歐,我後悔了,也很抱歉。」盧考夫平靜地宛如放置在木桌上的一杯水,「當時聽到你叫我停手,然而我沒有。我以為你被他迷惑了,想幫你拿到藍玫瑰,可是這不是傷人的理由,以斯堪地聯邦的立場或許該這麼做,但可以選別的方法。最重要的一點是,我能體會所愛的人被重傷會有多憤怒,我很抱歉這麼對你。在候審室與鬥獸場的日子裡，我想最多的就是這件事，是唯一後悔的事。」

沉默在火焰劈啪的燃燒聲中蔓延而開。

好半晌，哈德蘭道：「我無法代替皮拉歐原諒你，但作為兄弟，我個人接受你的道歉。」話一說完，他感覺某種自他們重逢以來就堵塞在心頭的硬塊驀地消散，他下意識撫摸藏在衣領內的薄鰓，掌心間忽地感到一點麻癢。

盧考夫幾不可察地略略放鬆緊繃的背脊，森冷的氣勢隨之收斂，「沒關係，我贖罪的日子還很長。」

哈德蘭撥弄火堆，他原想安慰盧考夫幾句，但安慰的言詞在舌尖轉了一圈後又吞下。火光未能照耀之處，傳來窸窸窣窣的細碎聲響。

良久，盧考夫主動打破沉默，「不說我了，說說你吧。這段時間去了哪裡？為什麼要答應那些人的條件？這交易對你沒有半分好處，若真的在審議庭提起抗辯，有很大的機會能撤銷全境通緝令，不需要跟他們周旋。」

「我擔心你，也擔心總事務官。至少拿到摩金的親筆文件，能保障你們的人身安全。」哈德蘭平靜以對。

「當時就想暗示你這樁交易沒有好處。找到你我就能恢復自由之身，至於總事務官，我在那些貴族底下做事時曾私下見過一面，他在個沒人能想到的地方，別擔心。」

盧考夫的焦躁不減反增。

「任何蓋有雙方貴族徽印的承諾文件都有法律效力，如果他們事後想反悔，你們也是安全的。」哈德蘭扳下紅蜥蜴的一隻腿遞給盧考夫，「吃吧。」

「那你呢？」

「我的目的是要進伊爾達特，現在有無償的資源能用，何樂而不為？」哈德蘭一大口咬下紅蜥蜴的尾巴，「柯法納索瓦是隻老狐狸，如果不是因占有巨大利益，你覺得他會同意蓋上徽印嗎？我們能走得出那座別莊？」

「但為什麼要進伊爾達特？你真的認為我們能再找到一株藍玫瑰？」

「我想去黑蟄蠍的巢穴，有某些事需要確認。」哈德蘭將紅蜥蜴的骨頭往遠處一扔。

盧考夫沒等到更多解釋，忍不住又問：「哈德蘭，你還好吧？為什麼獨自回來，皮拉歐沒跟你在一起？」

「他有他要做的事，我也有我的。」哈德蘭的表情略有鬆動，「我們一直都在一起。」他鬆鬆握拳輕敲自己的胸口，「他在這裡。」

這句意料之外的發言讓盧考夫靜默，「你微笑的時候連眼睛都在笑，這樣真好。」

「謝謝。」哈德蘭柔和地說。

這段日子他學習與過往和解，接納實力不夠堅強的自己，試圖更依賴相信他的漁人。感情讓他的心變得柔軟，將他的意志打磨得更加堅定，只要和皮拉歐在一起，他會成為一把無堅不摧的利刃，無往不利所向披靡。

夜色更深，紅梨燈花在不遠處點亮一條燈河。伊爾文指派士兵輪流守夜，哈德蘭不放心，先讓盧考夫守前半夜，他便鑽進帳篷裡小憩。

夜半時分，副官陵文特悄悄掀開帳篷，走到一旁小解。他解手完後隱約聽到細碎的聲響，警覺地望向暗處，手腕忽然被某種柔軟的東西纏住，整個人被用力往後拉。這時在他眼前，艾斯達卡冰刃猛地將一隻通體鮮紅的長蛇釘死在地，那條紅蛇蛇頭呈尖角，吐出血紅的蛇信，扭動著身軀。

盧考夫以冰刃挑起兀自掙扎的紅蛇，扔到營火堆裡，「下次記得在火堆旁解決，被這種紅腹蛇咬到七秒內就會死，連交代遺言的時間都沒有。」

陵文特嚇出一身冷汗，全身癱軟跌坐在地，負責守夜的士兵聽到聲響跑來，協助盧考夫將陵文特拖回帳篷裡。後半夜輪到哈德蘭守夜，士兵們顯然心有餘悸，想解手時都會自動自發跑到哈德蘭身側，在哈德蘭允許的範圍內小解。

天亮之後，一行人又踏上旅程。

途中休憩時，陵文特拿出昨晚吃剩的紅漠蛙腿遞給伊爾文，伊爾文剛要伸手去接，一道紅影俯衝而下，他倏地感到強勁的風壓劃過耳側，定睛一看，卡托納尖刀已將一隻紅蜥蜴釘在紅礫土上，刀柄微微搖晃。

「謝謝。」伊爾文嚥下唾液，望著那隻不停掙扎的紅蜥蜴，指尖滿是涼意。

「小心一點就好。」哈德蘭朝他輕輕點頭。

在這個插曲後，士兵們又經歷幾次紅蜥蜴的突襲，全靠哈德蘭與盧考夫敏捷反應才躲過被咬斷手指的命運。狩獵者並未出言責怪大意的士兵，這讓士兵們對狩獵者的態度變得更加友善，也會主動攀談幾句。

「哈德蘭，那個植物下方的水能喝嗎？」陵文特用毛巾擦著頸後的熱汗，指著附近幾株赤紅色的多刺植物，植物下方有一小灘水窪。

「盧可。」哈德蘭叫道：「紅霧閣蓄的水能喝嗎？」

盧考夫靠近那幾株植物，忽地抽刀砍下突出的莖體，莖體落在水窪中，切口滲出鮮紅色的汁液，染紅那灘水窪。「現在可以了。」

「呃。」陵文特搔了搔頭，「也不是一定要喝啦。」

哈德蘭輕笑，相處時日一長，陵文特顯露出本質上跳脫的個性，很快就與哈德蘭稱兄道弟。這天晚上他們仍滯留在紅礫土區紮營，為了提振士氣，哈德蘭與盧考夫特意多獵幾隻紅羶作為食物。幾杯雪透酒下肚後，士兵們逐漸放開來，陵文特喝得多，便起鬨著讓哈德蘭與盧考夫說起探險經歷。

「第一次看到山豪豬時，被牠的獠牙嚇了一跳，那獠牙長得跟大象一樣，身上還長滿各種小刺。為了躲避爬到樹上，牠居然開始撞樹，我們只好在不同棵樹之間跳來跳去，等牠撞樹撞累了，哈德蘭一箭射中豬鼻子，我一刀砍下豬腳。本來以為很快就可以吃到山豪豬，結果為了拔刺，那晚餓得半死還什麼都沒吃到，只能捕幾條魚果腹。」盧考夫咬著沒有點燃的煙斗，隨口道。

「山豪豬好吃嗎？」伊爾文冷不防問。

「只有肚子肉還不錯，其他部位都很硬。」盧考夫皺著臉，「還不如啃皮靴。」

「盧可很會烤野食，我們在任務中獵到的野獸都交給他料理，就連你們裝備的黑蟄蠍都被他烤過。」哈德蘭補充道：「我們都說等他退休後，就可以在賽提斯開餐館，凡狩獵者用餐八折優待。」

「黑蟄蠍也能吃？」伊爾文來了興趣，「沒有毒嗎？」

「大螯特別好吃，避開蠍尾和體內的毒囊，抓準火候撒點鹽和辛香料就能吃。牠的肉有彈性又鮮美，比一般的蝦蟹更好吃。」盧考夫抽了抽鼻子，彷彿已經聞到食物的香味。

「那我們之後也來試試。」陵文特插嘴，「我這次還帶了辣粉，就怕吃不慣沙漠食物。」

「你是來殺蠍子還是來野餐？」伊爾文敲了陵文特的頭一記。

「來殺蠍子，順便野餐？」陵文特搔著後腦杓，「隊長，那辣粉夠嗆，你也試試。」

伊爾文沒好氣地白他一眼，不再搭理。陵文特忽地拍了一下前額，「差點忘了隊長最近不能吃辣，是我的錯，不該帶辣粉。」

「伊爾文怎麼了？」哈德蘭關心地問。

在伊爾文制止之前，陵文特嘴快地出賣自家隊長，「隊長的右手臂前陣子受傷，醫官說這兩個月避免吃太辛辣的食物。」

「沒事吧？如果要面對黑蟄蠍——」

「只是小傷，不會影響行動，別擔心。」伊爾文輕描淡寫地轉移話題，「哈德蘭，你對找到藍玫瑰有信心嗎？」

哈德蘭見慣逞強的人，也沒多問，「說實話，我還真的沒有。但如果我們運氣夠好，也許能找到一株。」

「聽說藍玫瑰能治癒任何傷口，是真的嗎？」面對陵文特閃著純然疑惑的雙眼，哈德蘭微笑，「我也不知道，如果真的找到了你可以試試。」

「還是算了吧，我可不想被通緝。」陵文特快嘴反駁，卻看見伊爾文警告的眼神頓時一僵，「哈德蘭，我不是那個意思，我是說、損壞斯堪地聯邦一級貴重物品，當、當然會受到重度懲戒吧，哈哈哈哈。」

「別擔心。」哈德蘭輕鬆地拍他的肩，「最差的情況就是再進一次伊爾達特，再找一株藍玫瑰。」

陵文特臉色一垮，「我寧願穿著裙子繞賽提斯跑三圈。」

士兵們笑成一團，笑聲遠遠傳開。在他們不遠處仍有不少野獸蟄伏窺視，卻礙於烈火熊熊而不敢輕易靠近。哈德蘭凝望著這群互相打趣的士兵，兩天前他們看自己時還帶著懷疑戒備的眼神，但經歷兩日的旅程已經逐漸信任哈德蘭，所以儘管在死亡沙漠裡，也能有這場酒足飯飽，賓主盡歡。

他當狩獵者的初衷是為了冒險，也是為了承繼父親的遺志。但在某些時刻比如現在，這些人信任他在危機四伏時也能讓他們全身而退，所以放鬆警惕綻開笑容，享有片刻安寧。這是對哈德蘭能力的最高肯定，是狩獵者所能得到的最高榮譽。為了這樣的信任，他一定不負所托。

隔日一早，他們趁天未全亮便啟程，行走大半路直到日正當空，都沒碰見任何一隻野獸。哈德蘭直覺有異，停下隊伍與盧考夫商議，「有點奇怪，沒有紅斑豹也沒有紅羶，你覺不覺得有問題？」

「也許我們選的路剛好比較少野獸出沒？」盧考夫習慣性咬著沒有點燃的菸斗，在空中嗅了嗅，「是乾燥與野獸的氣味。」

「我覺得很不對勁。空中的紅蜥蜴多了好幾隻，但沙漠卻沒有野獸，那牠們在等什麼？難道是在等我們——」哈德蘭倏地抓緊駱駝韁繩，「地在震動。」

他往遠處眺望，那裡沙塵翻湧，似有大批生物狂奔而來，將紅礫土踐踏四散。他的危機感霎時竄升到最高點。「盧可，是紅鷺獅的獵殺潮！」他厲聲警告。

北之海域。

尚窪．參鱗以禮記司之姿游在主判臺前，主判臺右方的小型水渦圈繞著皮拉歐。

「現在開始進行皮拉歐．理斯的會審。有請各族長老輪流發言。」

背鰭耳家族大長老史坦瓦修納率先發出聲息：「皮拉歐身為司琴者卻濫用職權，未經同意就以共鳴力製造漩渦，擾亂東海各族生態。他犯了大錯，必須剝奪司琴者的稱號。」

「皮拉歐不是不分是非的漁人，這麼做一定有原因，應該讓他進行申辯。」艾塔納瓦大長老的聲息隨後在水裡擴散，「此外，他帶回藍玫瑰與羊腸弦有巨大的貢獻，再加上若是我們想修復藍金豎琴，還必須取得藍白金礦。藍白金礦山在北之海域最偏遠的北方，長年散發出懾人的壓迫感，各族部落都離它很遠不敢輕易靠近，只有天生共鳴力高的漁人才有辦法進入，皮拉歐是北之海域最有可能取得藍白金礦的漁人，我認為至少將藍金豎琴完全修復後再審判皮拉歐。」

「皮拉歐犯錯是事實，但帶回修復藍金豎琴的材料也是事實。我贊同理斯家族的提議，暫時讓皮拉歐保留司琴者的稱號，等到他取回藍白金礦後再審。」參鱗家族大長老尚猧慢條斯理地發言，他一向採中立姿態。

一天一夜過去，勢力龐大的三大家族大長老還在唇槍舌戰。艾塔納瓦持續在會審中強調修復藍金豎琴的重要性，但史坦瓦修納也贏得不少贊同聲浪。

「不能放任皮拉歐的罪行，他昨天翻攪東海，明天就會破壞北之海域，是個危險人物，應該讓理斯家族監禁他。」史坦瓦修納的聲息圍繞著眾人轉了數圈，「修復藍金豎琴與犯的錯不能相提並論，就算修復了藍金豎琴，也不能抹消皮拉歐擅自在東海捲起漩渦的行徑。」

「我並非要掩蓋皮拉歐的過錯，可以延後判決，先修復——」艾塔納瓦的話倏然停住。

漁人們周身水流產生劇烈震動，皮拉歐靈巧地穿出水渦，「艾塔納瓦大長老，我有急事要去辦，等回來再接受審判！」

一股強烈的水柱在皮拉歐下方形成，帶著他衝出水面。

「等等！」艾塔納瓦的聲息直衝皮拉歐而去，但皮拉歐竄得太快，他的聲息遠遠追不上。

史坦瓦修納頓時暴跳如雷，「豈有此理！這是藐視會審結果，藐視我們！」

「你看到了嗎？艾塔納瓦。」尚猧震驚地望著皮拉歐身後紊亂的浪流，「他能自行掙脫水牢！」

「你不是知道他在東海不彈奏豎琴，就能以共鳴力製造巨大漩渦嗎？」艾塔納瓦疲憊中難掩驕傲，「如果藍金豎琴無法修復，只能依靠皮拉歐的共鳴力穩定海域了。」

「雖然史坦瓦修納強調他破壞東海平衡，但我其實無法想像他到底做了什麼。」尚猧坦誠道：「難以置信，他穿過水牢像出家門一樣容易。」

「他是自願待在水牢裡接受會審。皮拉歐的本性不壞，我說過了。」艾塔納瓦道：「他不會危害北之海域。」

「那為什麼要在東海製造漩渦？」尚猧問：「身為司琴者，應該比其他漁人更清楚不能濫用共鳴力。」

艾塔納瓦憶起當時皮拉歐憂急的表情，慢慢地道：「可能是想要救一個人類，那人大概對他很重要。」

尚猧無言地看著空無一人的水牢，史坦瓦修納已經怒氣沖沖地游到兩人身前，「艾塔納瓦，這太過分了吧！這就是理斯家族選出來的司琴者？在我看來他完全無法遵守戒律，連角逐司琴者最基本的資格都沒有！」

艾塔納瓦頭痛地望著躁動的同胞，「冷靜點，史坦瓦修納。既然皮拉歐不在這裡，再怎麼生氣也沒用，我倒認為現在還有其他更重要的事。」

他隨即游到主判臺前，聲息隨著共鳴力遠遠擴散，「我要提出臨時動議，最近變異水生生物愈來愈多了，應該趁此機會商量如何安排各家族的巡邏人選。」

紅鷺獅的獵殺潮通常一季只會發生一次，哈德蘭一行人前一次因為紅斑豹藍迪的示警避過災禍，誰也沒料想到會在此刻碰上第二次。

哈德蘭將懷裡的信號煙火塞到伊爾文手上，「帶上你的士兵往回走，等到甩開紅鷺獅就發射信號煙火，探險隊公會會立即派人來支援。」

「我們不會不戰而逃。」伊爾文將信號煙火推回哈德蘭懷裡。

「你們留下來只會喪命。」哈德蘭轉向盧考夫，「帶他們走！」

「哈德蘭，我不會留下你一個人，要走一起走。」盧考夫悍然拒絕，左眉眼上的疤在烈陽下熠熠生輝。

「說得好，要走一起走！要留一起留！」伊爾文舉起黑蟄蝛的大螯。

「要走一起走！要留一起留！」在他身後，陵文特與眾士兵喊道：「要走一起走！要留一起留！」

即使只認識短短數天，哈德蘭也能叫出不少士兵的名字，他從每個士兵眼中看見團結一致的精神與視死如歸的氣勢，要求他們離開的言語頓時卡在嘴邊。

「可能會死。」他喃喃道。

伊爾文對他一笑，「怕死的話當什麼士兵，上什麼戰場？」

「這不是戰場而是野獸，這不一樣。」哈德蘭還想再勸，「你們應該更懂得珍惜自己的生命。」

伊爾文朝士兵舉起手，「對我來說，進犯的生物就是敵人，這是我們的戰場。士兵們，圍成一圈，盾牌向外！」

他轉向哈德蘭，「你的箭法很好吧，你們就躲在盾牌後偷襲那些野獸。」

在伊爾文的號令下，眾士兵頓時圍成一圈，將駱駝、裝備與兩位狩獵者圍在內圈裡。

哈德蘭與盧考夫在士兵與盾牌的雙重掩護下，對著迎面而來的紅鷺獅放箭，最前排的紅鷺獅紛紛撲倒，後方的紅鷺獅踩過同伴屍體往前跳，撞在士兵剛硬的盾牌上。哈德蘭踏著盧考夫交疊的雙掌憑空跳起，由上而下刺向紅鷺獅，「噗疵」一聲刀刃破體而入，紅鷺獅應聲倒地。

兩人合作殺了不少紅鷺獅，但牠們數量太多，幾位士兵都受了傷，鮮血刺激紅鷺獅的獸性，更加猛烈地撞擊盾牌。伊爾文指揮士兵縮小盾牌防衛圈，將傷者聚集在中間，盾牌牆逐漸內縮。伊爾文與哈德蘭互看一眼，再這樣下去所有人都會折損。

哈德蘭拿起頸上的短哨用力一吹，虛空的風聲穿過哨子，他詫異地再吹，仍聽不見任何哨音，內心開始發冷。

「哈德蘭小心！」盧考夫的臉色倏地變白，野獸腥臊的氣味近在咫尺。哈德蘭本能地轉身後退，恰恰閃過紅鷺獅的一咬，森然凜冽的利齒互相碰撞，發出毛骨悚然的沉悶聲響。

哈德蘭冒出一身冷汗，那頭紅鷺獅穿過盾牌進到內圈，來到傷兵旁。他不顧危險向前衝，手背在身後握著卡托納尖刀，引誘紅鷺獅當頭撲來，接著算準時機，一刀刺進紅鷺獅背脊，紅鷺獅同時咬住他的左臂，他忍著疼痛將刀刺得更深硬往右拉，趁紅鷺獅痛得張嘴嚎叫時抽出傷臂後退。

士兵的盾牌防衛圈被攻破，第二隻、第三隻紅鷺獅陸續跳進內圈。盧考夫與哈德蘭背靠背，面對虎視眈眈的紅鷺獅。受傷的紅鷺獅大吼，另外兩隻跟著吼叫應和，同時朝他們撲來。

哈德蘭閃避紅鷺獅的利爪，以卡托納尖刀刺中一隻紅鷺獅，另一隻紅鷺獅悄無聲息從後方跳起，咬向他的脖頸。那瞬間一隻健壯的手臂當空橫出，擋住哈德蘭的頸項，紅鷺獅咬斷那隻手臂，斷口頓時血流如注。

「盧考夫！」哈德蘭睜大眼，拔起尖刀回身刺向那隻紅鷺獅，從血盆大口中搶救出盧考夫血肉模糊的斷肢。

「別發呆！」盧考夫抽著氣怒吼：「後面！」

哈德蘭再度旋身砍向紅鷺獅，怒氣與悲痛讓他眼眶泛紅，發狠地攻擊面前的紅鷺獅。獅血四濺，更多紅鷺獅捨棄眼前的獵物，轉而圍攻哈德蘭。

盧考夫隨意撕下布料綁住上臂止血，劇烈疼痛席捲理智，他靠意志力以僅存的臂膀揮舞刀刃，兩隻紅鷺獅同時躍起從左方攻擊。他冷汗直冒，抱著必死的覺悟將艾斯達卡冰刃對準其中一隻紅鷺獅往前突刺。

那隻紅鷺獅被冰刃刺穿，他閉上眼等另一隻紅鷺獅將自己撕成碎片。獅獸的掌風近在咫尺，腥臊的氣息噴在臉上。等了數秒後悄悄掀起眼簾，那隻紅鷺獅竟懸在半空，前肢利爪離他僅僅兩個指節的寬度，他後退一步，只見那隻紅鷺獅獅尾被人一把揪住，來人將紅鷺獅用力往後扔，甩得老遠。

「皮拉歐。」盧考夫喃喃道。

「看在你救了哈德蘭的分上，待在我身後別亂跑。」皮拉歐擋住兩隻紅鷺獅的攻擊，拿出胸前的短哨一吹。虛空的風聲之後，空中傳來笛音的低鳴應和，皮拉歐集中精神力乘上那曲笛音，讓共鳴力往外擴散，一隻隻紅鷺獅逐漸停住攻勢。

哈德蘭粗喘著氣，驚喜地看向皮拉歐。皮拉歐抽空給他一個笑臉，持續以共鳴力推送那曲笛音，低鳴的笛音改變曲調，轉成輕柔的小夜曲，哈德蘭忽然覺得睏意襲來，跪倒在地失去意識。

「哈德蘭，哈德蘭，快醒醒！」

哈德蘭緩緩睜開眼睛，他半倚在皮拉歐的懷裡，燦藍雙眸閃爍著關懷，皮拉歐輕聲問：「你沒事吧？」

「我怎麼了？」哈德蘭揉著太陽穴，左臂的疼痛喚起記憶，「紅鷺獅！盧可！」

「奧菲餵了他一些赤紅毬果，但情況不太好。」

哈德蘭順著皮拉歐的視線看過去，奧菲正半跪在盧考夫身側，試圖替他的傷臂斷口止血。哈德蘭起身接手處理盧考夫的傷口，敷上探險隊公會的特效藥，又進行緊急包紮。

隨後他檢查倒地沉睡的士兵狀況，大部分士兵身上都有不少咬傷，其中伊爾文的右臂最為嚴重，幾乎被撕掉一大塊肉。哈德蘭蹲在伊爾文身側，將他衣袖向上捲，打算檢查傷勢，無意間看到右上臂的箭傷，那傷口極深，看得出射箭之人的力道極大，正因如此伊爾文的右手沒那麼靈活。

哈德蘭撕下伊爾文的上衣下襬當成繃帶，發現伊爾文的頸間閃過一絲晶亮，他動作一頓，緩緩拉下伊爾文的領口，看見一條眼熟的鮑獅項鍊。幾幅畫面倏地閃過腦海。

「你的箭法很好吧，你們就躲在盾牌後偷襲那些野獸。」

「隊長的右手臂前陣子受傷，醫官說這兩個月避免吃太辛辣的食物。」

哈德蘭猛地回去查看伊爾文的箭傷，接著以手掌遮住伊爾文的下半張臉。在埃德曼莊園那晚夜色很深，雨勢極大，他不記得第二個刺客長什麼樣子，但當時射中了刺客的右上臂，差不多就是伊爾文的傷口位置。更何況他與伊爾文素不相識，自己在斯堪地大陸的名聲大多是關於多次進出伊爾達特的豐功偉業，無關箭術，伊爾文怎麼知道他的箭法好壞？

哈德蘭隨即起身，重新翻看所有士兵的領口，所有人都戴著鮑獅項鍊。而且他們同時效忠柯法納索瓦公爵——他想起剛從伊爾達特出來時遇到的暗殺，柯法納索瓦公爵及時趕到解決了困境。現在回想起來，當時柯法納索瓦說只是去接莫索里小姐路過，但那裡靠近伊爾達特，地處荒涼，誰會恰巧路過那裡替他們解圍？

當時本就只有極少數人知道哈德蘭一行人出入沙漠，偏偏竟有一批刺客與一隊援兵對他們的行蹤瞭如指掌，是不是刺客與援兵其實都聽命於同一人，擁有同一個消息來源？一旦有所懷疑，那些不合常理的現象都忽然有了足以信服的解釋，哈德蘭感到混亂，卻也有更多「果然如此」的失望。

柯法納索瓦公爵以仁義聞名，特別照顧領地內的佃農與人民，與哈德蘭的祖父也有些交情，更是多次表態支持探險隊公會，但自從在雪禮詩伯爵宅邸與柯法納索瓦公爵談判後，就隱隱感覺到現任摩金或許不是表面表現出來的和藹模樣。

他以為那最多只是對於貴族利益至上的決斷，畢竟於情理而言，私用藍玫瑰確實是哈德蘭的過錯。想不到柯法納索瓦公爵竟會派遣刺客搶奪藍玫瑰，置皮拉歐於死地。哈德蘭深深吐息，暫且將那份憤怒壓下。

「奧菲，能請你的同伴將這些士兵與盧考夫送到沙漠外嗎？」

即使伊爾文極有可能就是暗殺皮拉歐的凶手之一，這些士兵也可能對哈德蘭心懷不軌，但憑一同在伊爾達特共患難的交情，憑他們在紅鷺獅的獵殺潮時留下來護衛哈德蘭與盧考夫，哈德蘭就不可能對這些傷兵視而不見。

「我能呼叫殷瑣他們來幫忙，不過你這個朋友可能有點麻煩。」奧菲端詳那些傷兵，接著指著盧考夫的左臂斷口，「最好請大爺爺替他看看。」

「大爺爺能治好他的斷手嗎？」哈德蘭抱著一線希望問道。

「大爺爺是最厲害的！」奧菲發出雪鴞般的鳴叫，抗議哈德蘭的懷疑。

哈德蘭轉念一想，鳥人的確比探險隊公會更容易取得特殊藥材，「那你們把盧考夫帶回去醫治，其他人就送到伊爾達特邊界。小心點，別被人類發現了。」

奧菲拿出短哨吹響，哈德蘭並未聽見任何笛音。不久，殷瑣帶領一眾鳥人盤旋在空中，紛紛輕巧地降落在四周。

哈德蘭解釋現況，殷瑣讓其他鳥人搬運倒地的士兵前往伊爾達特邊界，自己扛起盧考夫，「我送他去給大爺爺看看，奧菲會跟著你們，如果有什麼危險，這小子多少能派上用場。」

「我的用處可大了！」奧菲不服氣地哼出聲，對著遠去的殷瑣跳腳。

哈德蘭避開沉睡的紅鷺獅尋找駱駝，那些駱駝早因紅鷺獅的驅趕四散，他下意識看向奧菲。奧菲連忙搖頭，「你們對自己的體重有所誤為，叫我載一個可以，兩個不行。我可以把小橘叫來。」

「祖克烏遠在賽提斯，應該聽不到。」哈德蘭嘆息。

「那是你，我就不一樣了，小橘一定會理我。」奧菲拿出橫笛，吹出無音無調的曲子。

片刻後，天空中出現龐大的橘紅身影，祖克鳥親暱地降落在奧菲身側，奧菲伸手撓著牠的下巴，「看到你真好，小橘。」

「你剛剛吹的是什麼？」哈德蘭聽不見笛音，但顯然奧菲確實吹出某種虛空之音。

「呼叫大家的音樂。」奧菲理所當然地答，「你沒聽見嗎？」

「完全沒有。」哈德蘭搖頭。

「哈。那你呢？」奧菲興致盎然地轉向皮拉歐。

「尖銳的聲音，很吵，那種聲音才不能叫音樂。」皮拉歐冷哼，「如果不是藍金豎琴還沒修好，我一定會讓你見識什麼才是真正的音樂。」

「你就趁現在吹牛吧，不要把自己的無能怪罪到樂器身上。」奧菲得意洋洋地把玩橫笛。

哈德蘭看向皮拉歐，「我還沒有問，你怎麼來了？」

「我直覺你出事了，所以從會審跑出來，吹哨子叫奧菲來載我。」皮拉歐悶悶不樂。

「是啊，他可真不客氣。我堂堂奧菲齊格里瓦納里希，還真把我當坐騎。」奧菲趁機抱怨，「還不懂得感恩，在穿過一片湖水時用水柱攻擊我。」

「是你先炫耀你的笛子，而且沒躲開是你沒本事。」皮拉歐反唇相譏。

「好了，好了。我們先做正事。」哈德蘭拍拍皮拉歐的肩，示意他爬上祖克鳥，自己坐在前座，扭頭道：「抓緊，我們要出發了。」

「哈德蘭等等我！」奧菲跟在祖克鳥身後飛翔。哈德蘭駕馭著祖克鳥在空中搜尋椰子樹，他飛到黃沙土區降低高度，對著椰子樹拔箭一射，椰子頓時掉落在地，椰子樹緩緩向旁移動。

「超酷！這椰子樹會動。哈德蘭，你們住的地方真有趣，我第一次看到會動的椰子樹！」奧菲降下高度，從黃沙土上撈起幾顆椰子，「欸欸等等，別落下這個，這個很好吃，又甜又多汁，你們也太浪費了吧。」

哈德蘭沒理會奧菲，他繼續拔箭射下椰子，追蹤椰子樹移動到下一棵椰子樹，再拔箭射下椰子，反覆進行同樣的動作，奧菲跟在後一路撿椰子。當哈德蘭射下第六棵椰子樹的椰子，椰子樹並未移動，而它下方的黃沙土比其他地方的顏色更黑。

「哈德蘭。」皮拉歐抓緊哈德蘭的腰際，「在這土層下面有藍玫瑰。」

斯堪地聯邦冒險手記

CHAPTER TWENTY-SIX

第
26
章

The Tales of Skandia Federal

祖克鳥載著哈德蘭在空中盤旋，他朝皮拉歐指示的方向射出數箭，箭矢緩慢沒入黃沙土中，不久黃沙土往那處流動陷落，出現一個足以讓成年男子通過的孔洞。

哈德蘭在距離孔洞不遠處跳下祖克鳥，趴在孔洞旁小心翼翼探頭往下看，洞裡幽深看不清底層。他朝裡頭丟下一顆夜光石，夜光石下落至哈德蘭兩至三倍身高深的深處，在黃沙土照出一小圈亮光。

「我下去看看。」哈德蘭道。

「我跟你一起。」皮拉歐按住哈德蘭的肩，「我能知道藍玫瑰在哪裡。」

哈德蘭沒什麼掙扎便同意皮拉歐同行，「奧菲，你在上面接應。」

「如果碰到任何猛獸儘管叫我，我是你們最後的依靠。」奧菲扇動羽翅，一撮黃沙土朝哈德蘭與皮拉歐迎面而來，兩人趕緊撇過頭，避免吃到滿嘴土沙。

黃沙土土層鬆軟，哈德蘭將彈力套索一端綁在祖克鳥腳上，從洞口緩慢垂降。他與皮拉歐先後落地，他撿起夜光石往前方一照，頓時冷汗直冒。

此處蟄伏著數十隻黑蟄蠍，牠們圍繞著一顆巨卵，巨卵表面纏繞數條泛著藍光的荊棘，荊棘末端刺入巨卵之中，四周的黑蟄蠍似乎陷入沉眠。哈德蘭直覺那顆巨卵未來會孵化出下一隻蠍后，幸而他們來得正是時候，藍玫瑰和蠍后都尚未成熟。

「你覺得黃白金礦會在哪裡？」哈德蘭悄聲問。他雖放輕聲音，但洞穴過於寂靜，些許聲響便被擴大至整個洞穴，不少黑蟄蠍微微翻身，哈德蘭連忙屏氣凝神。

皮拉歐指著巨卵上的藍色荊棘，以氣音道：「找它的根。」

兩人放開彈力套索，輕手輕腳地往洞內移動。哈德蘭幾度跨過黑蟄蠍，他繃緊神經，深怕吵醒這些黑色惡魔。黑蟄蠍意外睡得很沉，哈德蘭成功抵達巨卵附近，看見後方有一堵岩壁，岩壁色澤幽深，表面有幾道平整的刻痕，就著夜光石的微弱照明細看岩壁，那些刻痕的走向有些像斯特龍博利山口的痕跡。

皮拉歐輕點哈德蘭的肩頭，隨即指向左下方的岩縫，藍色荊棘的根部便是從這岩縫竄出，往巨卵處生長。哈德蘭半蹲下身靠近，一股極度陰鬱的氣息撲面而來，讓他下意識抽出卡托納尖刀往裂縫裡刺。

清脆的敲擊聲在陰森的洞穴裡迴盪，黑蟄蠍紛紛轉醒，他們舉著大螯逼近入侵者。敵眾我寡，哈德蘭與皮拉歐對視一眼，轉瞬取得共識，皮拉歐吼道：「奧菲，吹笛子哄睡他們！」

奧菲蹲在洞口處往裡探，在幽暗的洞穴裡勉強辨識出哈德蘭與皮拉歐，洞裡的黑蟄蠍形狀特異，黝暗森冷的氣息讓他心神微凜，他不敢大意，以橫笛吹奏出低沉如蟲鳴般的笛音，黑蟄蠍似是有些困惑，紛紛停住腳步。

哈德蘭趁此機會往岩壁裂縫敲擊，恰巧切斷藍色荊棘根部，那聲敲擊彷彿一道鐘響震醒黑蟄蠍，黑蟄蠍不再理會笛音爬向哈德蘭，凶惡的黑眼珠骨碌碌轉動。

「奧菲再吹！」皮拉歐吼道，聲音貫穿整個洞穴，脆弱的穴壁落下稀稀疏疏的黃沙土。

奧菲的笛音加快節奏，皮拉歐發出共鳴力疊上樂曲，哈德蘭隨即感覺到強烈的倦意，慢下了敲擊的動作，他集中注意力發狠拿起尖刀刺向左臂傷口，疼痛幫助保持清醒，他咬著牙加快敲擊，岩壁堅硬使手臂被震得發麻，汗水自髮梢滴落，混著左臂的血液在腳邊流淌成一小灘血漥。

好不容易敲開破口，岩壁下方果然顯現出泛著金黃接近熾白色澤的礦石，哈德蘭一股作氣，發狠再敲，敲下一塊拳頭大小的黃白金礦。他將黃白金礦收進腰包，叫道：「皮拉歐，走了！」

叫喊在穴壁間層層迴盪，洞穴忽然天搖地動，穴頂多處落下大塊黃沙土即將坍方，哈德蘭與皮拉歐一同跑向方才垂降的洞口。少了皮拉歐共鳴力的牽制，黑蟄蠍開始移動，朝不速之客揮動大螯，阻撓他們前進。

「哈德蘭抓住我！」皮拉歐握住哈德蘭的手，乘著奧菲的笛音注入精神力。哈德蘭首當其衝，巨大的精神力直衝而來使他身形一晃，皮拉歐牢牢握住他，他感受到皮拉歐的手中傳來源源不絕的熱量，那股熱量引導鋪天蓋地的壓力，讓自身成為皮拉歐向外擴散精神力的媒介，全身的血液恍若沸騰般震動，頸側的鰓發熱，心臟用力撞擊胸腔。

與此同時，皮拉歐的自信清楚傳遞到他的意識，兩人的情感對流，合而為一。哈德蘭反握住皮拉歐的手掌，前所未有的勇氣驀然浮現。他曾經自我懷疑，也曾多年恐懼這些黑色惡魔，但現在皮拉歐站在身側，他忽然有了強而有力的信心，屠殺過黑蟄蠍一次，就能再殺第二次，那些牠們所給予的傷害苦痛，他會毫不留情地加倍奉還。

哈德蘭的信念似乎藉著熱流傳遞給皮拉歐，皮拉歐露出驕傲的笑容。皮拉歐與奧菲的聯合攻勢奏效，黑蟄蠍短暫停住攻勢，哈德蘭拉著皮拉歐跑到洞口下方，單手纏住彈力套索用力一扯，同時吹了聲響亮的口哨，祖克鳥就地起飛，將兩人一吋吋拉起。

哈德蘭右手握住彈力套索，左手拉著皮拉歐，皮拉歐的重量扯開左臂的傷口，鮮血順著臂膀流下一道血痕，黃沙土從洞口倒灌而入打在兩人身上，洞口逐漸縮小，沙塵瀰漫看不見前方，哈德蘭目不能視，只知道自己決不會放手。再重也不能，再痛也不會。

空氣更加稀薄，呼吸之間只剩黃土，窄小的洞口掐斷最後一絲光亮，他們完全被埋進黃沙土中。祖克鳥忽地長嘯振翅高飛，腳上的彈力套索從層層黃沙土中拉出兩個泥土人。哈德蘭半睜著眼見到陽光，脫力地鬆開彈力套索，抱著皮拉歐在黃沙土中滾了一圈。

他們四目相對，激昂的情緒在血脈中奔騰，皮拉歐雙手撐在沙土上，垂眸凝視哈德蘭，藍眸華光閃爍，熱燙的汗水從頰側滑落，滴在哈德蘭唇邊，哈德蘭下意識伸舌舔了一下。鹹的，有海水的味道。

他情不自禁地伸手撫摸皮拉歐的側臉，皮拉歐握住他的手，垂首依戀地親吻他的掌心，酥麻細碎的柔軟觸感從掌心竄到心臟，炙烈澎湃的情感洶湧磅礡，哈德蘭嚥下唾液，喉結上下滑動，乾燥的氣候讓雙眼分泌更多淚液，黑眸深處似有星光。皮拉歐嘶出某種氣音，猛地吻上他的唇，舌頭撬開牙關探入嘴裡，貼著他的舌共舞。

情感與愛戀在吻中燃燒，哈德蘭被吻得喘不過氣，頸側的裂口自然張開，捲入瀰漫塵土的空氣，他被沙塵嗆住險些窒息，拍打著皮拉歐的上臂想推開對方，皮拉歐卻變本加厲捲住他的舌尖，同時將一口氣渡到嘴裡，他本能地向皮拉歐索求更多氧氣，愈吻愈深，舌尖幾乎要碰到對方喉頭。皮拉歐從喉頭湧出低沉至極的聲調，似乎帶著苦苦隱忍的克制與警告，他不以為意，只顧著從皮拉歐口中掠奪足以生存的空氣。

皮拉歐將身體壓得更低，將哈德蘭整個人囚在身下，舌頭反客為主侵犯他的喉嚨，他的聲音全被那舌頭堵在喉間，毫無宣洩的出口，眼尾泛紅全身發軟，任由皮拉歐舔過喉頭，反覆摩擦柔軟敏感的上顎末端。

不知為何，這動作遠比皮拉歐把性器插到體內更讓哈德蘭覺得赤裸，他感覺被剝光全身，放任那舌頭摩擦靈魂的核心。他情動至極再次敞開身體，皮拉歐的指掌已經撫上胸膛，隔著上衣清透的布料熟練地揉捏他的左乳，他的乳尖脹痛，皮拉歐一捏，嘗過性愛的身體立刻被喚起情欲，他挺起胸，讓堅硬突起的乳首抵著皮拉歐的指掌摩挲。

皮拉歐重重吸吮哈德蘭的舌尖，指掌毫不客氣地捏住他的左乳往外拉扯，一絲痛意從乳首傳來，隨之而來的是刺激的快意，那快意鞭笞著身體，催促他更加迎合，索取更多更激烈的對待。

哈德蘭的腦子變得遲鈍，想不起來身體為何如此耽溺於皮拉歐的碰觸，但碰觸自己的人是皮拉歐，是他全心信任的皮拉歐，所以無所謂，他順從身體的渴望，將身體放得更軟，雙手鬆鬆搭著皮拉歐的後背，右手反射性撫過皮拉歐頸側的薄鰓。

皮拉歐從喉間發出一聲低咆，沉下身體，在衣袍之下，熱燙的雙頭柱狀物抵著他的下身。

「咳。」

哈德蘭被意料之外的咳聲驚醒，熱燙的欲望被澆熄大半，他用力推開皮拉歐，皮拉歐不情願地撐起半身，又垂下頭將前額抵在他的頸側摩挲。

「我覺得在這裡交配不是很適合。」奧菲飛在半空中，「有點熱。」

哈德蘭將皮拉歐推下去，站起身抖了抖身上的沙塵，從背包裡拿出探險隊公會專用信箋，以炭筆匆匆寫下幾行字，隨後將信箋捲起彌封再蓋上專用戳印，將其與黃白金礦裝入小布袋，遞給奧菲。

「奧菲，麻煩幫我把這個小布袋交給你們帶回巢穴醫治的那個人，等他傷勢好轉後，送他去找總事務官，告訴他把這個小布袋交給總事務官，他就自由了，他會知道怎麼做。」

奧菲收起小布袋，「那你們呢？」

哈德蘭扶著皮拉歐坐上祖克鳥，「我們要去北之海域。」

「你也跟我去？」皮拉歐毫不掩飾驚喜。

哈德蘭放柔表情，「你是由於東海的事被審判吧？我得去當證人，證明事出有因。」

盧考夫醒轉時，映入眼簾的是一名陌生少女，少女身後長著巨大的羽翅，漾出甜美的笑靨，發出近似夜鶯的鳴叫聲，輕聲道：「太好了，你醒了。」

「這裡是哪裡？」盧考夫掙扎著想坐起身，卻連忙被少女制止，「你還很虛弱，先別起來。」

盧考夫不顧勸阻揮開少女的手，戒備地問：「妳是誰？」

「我叫鶯妮絲，這裡是我家，是殷瑣哥哥帶你回來的。」鶯妮絲小聲地嘆氣，張開翅膀往外飛，「你等等，我去叫哥哥。」

盧考夫目瞪口呆地瞪著她的背影，他隱約記得與哈德蘭在伊爾達特對抗紅鷺獅，他為了救哈德蘭被紅鷺獅咬斷左臂，正要被咬死時，皮拉歐忽然現身救了他。皮拉歐！哈德蘭！他們在哪裡？

盧考夫激動地從柔軟的茅草鋪跌下來，才終於看清環境。這裡似乎是一個巨大的鳥巢，上方被特種紅杉木樹葉遮蓋，他剛才躺的地方被細心地用茅草鋪出一床軟塌。他瞄向自己空蕩蕩的左臂，手肘處被妥善地包紮過。他深深吐出一口濁氣，至少性命還在，希望哈德蘭也平安無事。

不久，兩個成年男性與一位長者隨著鶯妮絲降落在前方，這三人背後同樣長著健壯的翅膀，差別在於形狀與毛色不同。那名長者上前打量盧考夫，「還活著，看起來還行，可以帶他走了。」他的聲音近似苦惡鳥。

「帶我去哪裡？」盧考夫警覺地問。

另一名樣貌較為年輕的俊朗青年手拿著橫笛，發出不滿的雪鴞鳴叫，「這是大爺爺是他治好你的，你應該好好表達感謝。」

「你又是誰？」盧考夫不掩戒心。

「奧菲齊格里瓦納里希，我允許你叫我奧菲。」奧菲遞給盧考夫一個小布袋，「這是哈德蘭給你的，他叫你把這些交給總事務官，你就自由了。他說你會指路。」又順手拋給他一顆椰子，「給你一顆。」

盧考夫暫且放下椰子，打開小布袋，看見裡頭有塊綻放著白光的金礦與一捲信箋，信箋封口有探險隊公會專用的封緘與哈德蘭的戳印，那些都是無法偽造的，他稍稍放下心，「哈德蘭在哪裡？」

「哈德蘭跟皮拉歐去北之海域。」奧菲不耐煩地催促道：「你既然沒事，那就走吧。早點送你走，我就可以快點去看皮拉歐在搞什麼。」

「奧菲等等。」鶯妮絲匆匆上前，拉起盧考夫的右手，將幾顆淺粉色的果實放進他的掌心，輕柔地說：「你保護了那些還活著的人，所以犧牲與傷痕都是有意義的，你是個英雄。英雄如果感到痛，就吃一顆甜心之果吧。」

盧考夫垂眸望向她，不發一語。

「鶯妮絲別亂給他東西吃。」一直一語不發的男人將鶯妮絲往後拉。

「哥哥，那不過是甜心之果，不會有害的。」鶯妮絲轉頭望向年長的鳥人，「大爺爺你說呢？」

「只是小甜點，吃不吃都可以。」年長的鳥人微微頷首。

「鶯妮絲好了嗎？我們要出發了。」奧菲催促道。

「快了。」鶯妮絲掙脫兄長的箝制，來到盧考夫耳邊輕聲說：「雖然我不知道為什麼，但你心裡還留著會讓你痛苦的東西，真希望你有朝一日能從痛苦中解脫。」

隨後，鶯妮絲在他額前落下一個輕柔的吻。盧考夫感覺心裡某根弦被細細扯了一下，他將那些淺粉色的果實收進懷裡，低聲道謝。

「好了吧？」奧菲不耐地問。

盧考夫略顯狼狽地轉身，爬上奧菲的背，「走吧。」

卡司地將圍巾拉到鼻梁下方，遮掩住嘴邊的傷疤。

他的職業容貌並不重要，但那些不諳世事的平民少女只要見到他殘傷的面容，就會做出過度激烈的反應，甚至在他開口以幾句話逗笑她們之前，就會因為他咧開嘴微笑而暈倒。他早就放棄討好那些少女，只能和小酒館裡的女郎說上話。他撫摸腰間裝滿雪透酒的冰雪瓶，感受酒液在瓶裡的波動，現在還不能喝，等完工之後，這將會是給自己的犒賞。

卡司地一向準時，在太陽日落之前抵達萊茵莊園。這是他第三次前來拜訪玫琪絡子爵，子爵自從在前一次社交季中弄傷左腿，就成了忠實顧客之一。總管領他進門，他們穿過大廳，按照慣例，他本以為子爵會在書房與他會面，總管卻帶著他往陰暗的地窖走去。卡司地警覺地停住腳步。

「今天有特殊的客人，不方便露面。」彷彿看穿他的疑慮，總管解釋道。

「什麼客人？」卡司地問。

「你的新客人，他不喜歡在有光的地方進行交易。」總管道。

卡司地了然。新客人顯然又是一個貴族，帶著與生俱來的優越感，既想得到好處，又不願正視自己的貪婪欲望。卡司地跟著總管步下樓，他拉了拉圍巾，埋在舊布料中深深吸了口氣，熟悉的氣味安定他的心。他在總管的示意下走進地窖入口，地窖裡點著燭火，牆壁上鑲著鎖鍊，四周擺滿刑具，鐵門在身後關上。

待他反應過來發現中計時，兩名士兵已經一左一右抓起他的臂膀，將他綁在地窖中央的鐵椅上。燭火搖曳，光線明明滅滅，在他前方站著幾個人，除了玫琪絡子爵外都不認識。卡司地猛烈地掙扎，「子爵，子爵，救救我！」

「閉嘴。」玫琪絡子爵面色陰狠，轉向身旁年紀稍長的金髮貴族，語帶痛快，「公爵閣下，他是你的了。」

金髮公爵上前站到燭火之下，在微弱的火光中，那雙毫無感情的灰眸看起來更加冰冷，「你是伊索斯聖堂的聖堂駐手。」他的嗓音帶著一點沙啞，彷彿多用點力和平民說話都是浪費力氣。

卡司地看清自己的困境，但摸不清對方的意圖，他謹慎地答：「是。」

金髮公爵啟唇，「玫琪絡子爵、雪禮詩伯爵、莫索里男爵、貝卡子爵——」

他每念一個名字，卡司地就瑟縮一下。

「——哈爾登侯爵、薩爾男爵，以上這些，都是你的顧客。」金髮公爵沉沉地說。

卡司地將姿態放低，「您如果也想要小的替您鑄造些什麼，儘管開口。」

「我要知道伊索斯聖堂祈願會的真相。」金髮公爵語氣平淡，「為什麼他們委託你鑄造蠍獅墜飾，就能得償所願？」

「我可不覺得是得償所願。」玫琪絡子爵冷哼，「我只要不參加貴族祈願會，左大腿就恢復不了。」

卡司地陷入困惑，他沒有獲准參加貴族祈願會，只參加過平民祈願會，但這不妨礙進行推測，「通常獲准參加祈願會的聖徒都有特殊貢獻，能得到摩羅斯科大人的賞賜。如果子爵大人沒得到摩羅斯科大人的賞賜，可能是您誠心不夠……」

「閉嘴！」玫琪絡子爵厲聲喝道，他現在最不需要的就是有人提醒他資產緊縮的現實，「公爵大人，您最好問問他細節，比如摩羅斯科大人是怎麼顯靈的。」

這個問題對卡司地無疑過於困難，但若是表現出一無所知，他毫不懷疑眼前這位公爵大人很可能會就地處決自己。

「尊敬的公爵閣下，我必定知無不言，言無不盡。」他舔著乾燥的下唇，「能不能先給我一杯水?」

他能在賽提斯遊走，靠的不只是鑄造蠍獅墜飾的手藝。

金髮公爵還在端詳他，在暗處的兩人已經走上前，其中一人與金髮公爵長相相似，但看起來更年輕，渾身充滿貴氣，臉上掛著和藹可親的笑容，卡司地推測他也是一名貴族，與金髮公爵有不遠的親戚關係。

至於另一位，他有一張以男性而言過於秀麗精緻的臉蛋，但眉宇之間的皺褶很深，與容貌不大相配。卡司地無法判斷男人的年紀，他身上散發比其他兩位貴族更加肅殺的氣息。

「給他吧。」長相秀麗的男人開口，他的聲調清亮偏高，說話間帶出慣於下令的氣勢。年輕的金髮貴族聳了聳肩，輕輕揮手，在場的士兵看向金髮公爵，公爵微微揚起下巴，士兵立刻端了一杯水給卡司地。卡司地緩慢喝著水，藉此拖延時間想對策。

「伊索斯聖堂每一季會舉辦祈願會，祈願會又分為貴族祈願會與平民祈願會，參與的成員是依照對摩羅斯科大人的貢獻排名，排名愈高就愈有機會參加。」

卡司地開始描述平民祈願會的流程。伊索斯聖堂根據聖徒的貢獻程度挑選出前三名參與一季一次的平民祈願會，在祈願會中摩羅斯科會降下神諭，據說有聖徒在最近的祈願會看見摩羅斯科顯靈施展神蹟。

卡司地參與過幾次平民祈願會，他的願望是希望擁有數不盡的財富與生命，作為伊索斯聖堂專屬的聖堂駐手，財富早已滾滾而來，只要持續為摩羅斯科大人效力，為那些貴族製作更多蠍獅墜飾，摩羅斯科大人就會賜予他無窮無盡的生命。

「你有看過摩羅斯科顯靈嗎？」長相秀麗的男人冷不防地打斷他的陳述。

「我只聽見神諭。」卡司地誠實地回答：「摩羅斯科大人希望擁有更多的信徒，祂要我們建造更多聖堂，在斯堪地大陸上傳播祂的福音。」

男人沉默一秒，「其他貴族為什麼想要藍玫瑰？這也是摩羅斯科的要求？」

「摩羅斯科大人有提到過一次藍玫瑰，但貝索里尼閣下轉告我們，摩羅斯科大人知道藍玫瑰已經被使用，所以不需要再尋找，聖徒只要繼續向世人宣揚祂的神蹟就好。」

「但我們確實接到來自柯法納索瓦公爵希望尋找藍玫瑰的要求。」玫琪絡子爵壓低聲音，卡司地仍能捕捉到隻字片語。

「關於摩金大人，我這裡還有一些消息。」卡司地舔著下唇，「摩金大人提供大量的黃金，又訂購數份蠍獅墜飾，讓我在必要時刻販售給其他貴族。」

「這倒是很有用的資訊。」男人垂眼思考，又問一些關於伊索斯聖堂的運作形式。

卡司地知道的不多，為了確保能活下去，故意回答得模稜兩可，但當秀麗的男人用那冷漠的碧綠眼瞳望著他，他便為自己的隱瞞冷汗直冒。

「我問完了，他就交給你們。暫時先關著，直到我們搞清楚柯法納索瓦公爵想做什麼。」

「我大概能猜到他想要什麼。」金髮公爵聲調中帶著幾絲愉悅，像是與一條大魚僵持許久後終於贏下戰役，成功將那條大魚釣上岸。

三位貴族與那男人一同走向地窖出口，金髮公爵在出口停下腳步，低聲道：「務必將他所知道的東西全挖出來。」

「等等，公爵閣下，閣下！」卡司地驚慌吶喊，回應他的只有一聲冰冷的鐵門撞擊聲。他的小腿倏然被綁緊，身下椅子發出齒輪答答轉動的聲響，他瞬間寒毛直豎。

長相秀麗的男人回到一樓走廊，迎面碰上抱著黑貓的玫琪絡小姐，「玫琪絡小姐，日安。」

「烏迪閣下，日安。這些日子裡住得還習慣嗎？」玫琪絡小姐行了仕女禮，語氣溫柔嫻靜。

恩爾菲斯特輕輕點頭，「多謝小姐與子爵的款待。」

在他身後，米夏蘭斯基兄弟與玫琪絡子爵一同出現。「公爵閣下、米夏蘭斯基閣下日安。」玫琪絡小姐看向玫琪絡子爵，「哥哥，我不知道今天有客人。」

「是我們冒昧臨時來訪。」羅賓綻開燦爛的笑容，「小姐日安。」

「打擾了。」米夏蘭斯基公爵輕輕頷首。

恩爾菲斯特的目光滑過玫琪絡小姐胸前的黃金蠍獅墜飾，玫琪絡子爵見狀解釋道：「那是上次和我的袖釦一起做的。」

玫琪絡小姐握緊胸口的墜飾，不安地問：「請問有什麼問題嗎？」

「想冒昧請小姐把這個借我幾天。」恩爾菲斯特彬彬有禮。在他身後，玫琪絡子爵朝妹妹拚命點頭。玫琪絡小姐微咬下唇，緩慢從衣服上解下蠍獅墜飾，慎重地放到恩爾菲斯特攤開的掌心，「烏迪閣下，請你一定要好好保管。」

「當然，小姐請不要擔心。」恩爾菲斯特將蠍獅墜飾收進胸口內袋，憐愛地拍了拍，「它在這裡很安全，我會像小姐照顧妳懷中這隻貓般照顧它。」

與此同時，下方地窖裡的卡司地整個人被連人帶椅完全倒轉，蠍獅項鍊從衣領內垂落，他頭朝下方，腦部充血頭暈目眩。「放我下來，放我下來。」他喃喃自語：「摩羅斯科大人，請您救救我。」

「只要說出公爵大人感興趣的消息，我們就會放你下來。」士兵熟練地轉動把手，將卡司地倒吊旋轉數圈，卡司地禁不住折騰吐了一地，嘔吐物隨著旋轉灑落在地窖各處。士兵厭惡地嘖了一聲，加快轉動。

卡司地噴出鼻血，開始尖叫摩羅斯科的名字：「摩羅斯科大人，摩羅斯科大人，您最忠誠的信徒在呼喚您！」

忽然間鱲獅項鍊發出一道螢綠光芒，他身後的兩名士兵忽然全身抽搐，口吐白沫向後癱倒。卡司地身上的繩索應聲斷裂，他從椅子上摔下來，後腦著地撞出一個大洞，血流如注。

北之海域。

艾塔納瓦與其他家族剛協議完各大水域的巡邏名單，一股熟悉的水紋波動迎面而來。史坦瓦修納已經急速竄向那道波動，艾塔納瓦與尚猲跟在後頭，在橫越一大段水程後，他們看見皮拉歐抱著一個人高速下潛，兩人周身圍繞著急速旋轉的水渦。

「皮拉歐。」艾塔納瓦的聲息朝兩人竄去，卻被那圈水渦完全吞噬，他這才發現皮拉歐與懷中的人正在接吻，那人有一頭茂密的黑髮，裸落在外的手臂沒有魚鱗。

史坦瓦修納立即以精神力捲起一道漩渦襲向兩人，艾塔納瓦來不及阻止，但皮拉歐本能地感知到危險，他周身的水渦擴大，分出一道漩渦與史坦瓦修納的漩渦相撞。劇烈的水波震盪，淹過三位漁人長老的頭頂，激發出他們的精神力，三道不同大小的漩渦一層套一層，再度往皮拉歐而去。

哈德蘭在吻中睜開眼，看見同心圓漩渦迎面而來，驚得倒抽一口氣，剛想張嘴叫皮拉歐，皮拉歐卻誤以為哈德蘭在邀請他，亢奮地將舌頭伸到哈德蘭嘴裡，堵住他的叫喊。

同心圓漩渦吞噬包圍他們的水渦，撞在皮拉歐背上，皮拉歐不甘願地從吻中抽離，經過幾次生死戰鬥被強化的共鳴力搭上同心圓漩渦，捲起更大的海流，加速的海流包圍兩人，流速快到三位長老無法掌控。皮拉歐迅速奪取同心圓漩渦的控制權，以精神力將同心圓漩渦一路往上送出海面，噴出一道漂亮的圓弧。

「艾塔納瓦大長老。」皮拉歐牽著哈德蘭的手游到三位長老面前，靦腆地以漁人語言笑道：「我回來了，這是我的伴侶哈德蘭。」

史坦瓦修納怒目瞪著皮拉歐，努力克制怒火。反過來操控同心圓漩渦的皮拉歐顯然比他更強悍，若攻擊皮拉歐輸了固然難受，贏了也不過是對方放水，哪種結果都令他無法忍受。

艾塔納瓦深怕衝突加深，切入兩人之間搶先道：「皮拉歐，你該接受審判了。」

「我、是、證人。」哈德蘭這幾日也學了漁人的語言，雖無法完全聽懂，但藉由基礎用字大致能拼湊出意思。

「你真的是人類。」艾塔納瓦神色複雜，配合轉成剛學會不久的斯堪地語，「皮拉歐轉化了你。」

「太好了，您會講斯堪地語。您好，艾塔納瓦大長老，我是哈德蘭，很高興見到您，皮拉歐常常跟我提起過您。」哈德蘭行了一個狩獵者見面禮。

那動作在水中看起來有些滑稽，皮拉歐忍不住笑出聲息，連艾塔納瓦與一旁的尚猧眼裡都浮現笑意，心裡起了幾分好感。

「既然皮拉歐回來了，三位審判官也在這裡，我提議發起小型會審。」艾塔納瓦瞥見史坦瓦修納想插話，加快語速，「史坦瓦修納，我知道你對於皮拉歐無故翻攪東海很不滿，但我相信他情有可原，如果能解釋為什麼這麼做並保證絕不再犯，根據漁人習俗，我們應該原諒他是初犯，並以勞動方式贖罪。」

「皮拉歐是為了救我。」哈德蘭出聲：「當時我在東海遇難，皮拉歐為了找我才發動他的能力，我能活著都要感謝皮拉歐。」

皮拉歐在一旁輕聲替哈德蘭翻譯，並補充：「我保證絕不再犯。」

史坦瓦修納冷哼，並在哈德蘭開口之前搶先道：「你說是為了救人，有誰能證明嗎？人類的證詞不算。」

皮拉歐遲疑地看向艾塔納瓦，「我當時碰見艾塔納瓦大長老、父親，以及森伏塔伯父。」

「確實如此。」艾塔納瓦證實他的說詞，「我們看到他背著一個人類往岸邊游去，你若不相信我的說詞，可以詢問東海的原生居民。」

「我當然會問牠們。」史坦瓦修納沉聲道。

忽然間海底深處湧來一絲不尋常的波動，除了哈德蘭之外，所有的漁人神色全變得更加凝重。

「你們感覺到了吧，藍金豎琴的柱頭裂開了。」艾塔納瓦面色焦急，「不能再拖下去，我們得馬上拿到藍白金礦。史坦瓦修納，你若不願讓皮拉歐去，那讓背鰭耳家族的青年去也可以，只要他們能靠近藍白金礦山。」

「這……」史坦瓦修納屏息，視線轉向尚猧想尋求盟友。

尚猧立刻發出拒絕的聲息，「參鱗家族沒有共鳴力那麼高的漁人，他們根本無法接近藍白金礦山。」

史坦瓦修納咬了咬牙，「好吧，皮拉歐，你得把藍白金礦帶出來，如果做不到，將因在東海的罪行被嚴懲。」

皮拉歐正色以對，「交給我，我一定會把藍白金礦帶出來。」

「至於你的人類伴侶，我們會照顧他，放心吧。」艾塔納瓦貼心地提供溫情支援。

「我跟皮拉歐一起去。」

「他跟我一起。」

兩人異口同聲。

哈德蘭微笑，「艾塔納瓦大長老，我雖然不是司琴者也沒有共鳴力，但曾經協助鳥人取得紅白金礦，也在沙漠中挖出黃白金礦，我有信心能帶回藍白金礦，修復你們的豎琴。」

艾塔納瓦仔細端詳哈德蘭，視線滑到兩人牢牢相握的雙手。他從未在哈德蘭身上感受到令人震懾的精神力，也不認為哈德蘭能靠近藍白金礦山，但司琴者的伴侶或許有些特別的能力。

「既然如此，你們小心一點。」艾塔納瓦叮囑皮拉歐：「你帶著我們的祖先伊薩克振鑄造的匕首，他會守護你。」

「知道，我們出發了。」皮拉歐牽著哈德蘭，海底竄起一股水渦包裹住兩人，一道強勁的水流由上而下將水渦推向海底。

史坦瓦修納望著他們的背影，首度顯出深藏的憂鬱，「艾塔納瓦，我有種不祥的預感。」

「我也是。」艾塔納瓦心有戚戚，「我們如今只能做該做的事了。」

斯堪地聯邦冒險手記

CHAPTER TWENTY-SEVEN

第
27
章

The Tales of Skandia Federal

恩爾菲斯特把玩手中的黃金蠍獅墜飾，蠍獅雙眼分別使用最高評級的綠寶石鑲綴，本體以純金雕刻，製作得極其精美。

「看出什麼了嗎？」羅賓感興趣地湊過來。

「它的作工很漂亮。」恩爾菲斯特面無表情，「但我看不出有什麼隱藏機關，只是普通的墜飾，和子爵的袖釦差不多。若說精妙之處就是它釦鎖的方式吧，只要按壓這裡。」他壓著蠍獅右眼的綠寶石，墜飾後方兩顆細小的磁石夾釦立刻錯開，「就可以簡單地解開，子爵的袖釦也是同樣的設計。」

「加上這個呢？」米夏蘭斯基公爵走進會客室張開右掌，一串銀鍊吊在他的指節之間，銀鍊上串著一只精巧的蠍獅指環，蠍獅雙眼同樣綴有兩枚小巧的綠寶石。

恩爾菲斯特以指尖勾起那條銀鍊，指腹不經意擦過米夏蘭斯基公爵的掌心，米夏蘭斯基公爵眼睛微瞇，但長相秀麗的男人似乎只專注於手上的新證物。

切爾西．米夏蘭斯基垂下眼。探險隊公會的總事務官依舊那麼勾人，在父親短暫資助恩爾菲斯特那幾年，若不是忙著學習繼承爵位後的龐大事務，他難保不會像羅賓一樣，被這男人迷得暈頭轉向。

「它的綠寶石在發熱。」恩爾菲斯特輕聲說：「公爵閣下，您從哪裡得來這條項鍊？」

「地窖那位聖堂駐手戴的，看守他的兩個士兵都死了。」切爾西望著陷入沉思的恩爾菲斯特，難得好心多說一句：「那位聖堂駐手從懸吊椅上掉下來撞到頭，也死了。」

「雖然不想承認，也不該把神靈當成無知的藉口。」恩爾菲斯特勾起一抹自嘲的笑容，「但我覺得這條項鍊有點邪門。」

那笑容美麗異常，橄欖綠瞳在暈黃的燈光下閃爍，切爾西驀地移開視線，卻見羅賓一眨也不眨地盯視著恩爾菲斯特，當恩爾菲斯特抬眼看向羅賓時，後者又錯開目光。切爾西在心裡冷哼，他一向看不慣羅賓拖泥帶水的處事風格，也沒興趣介入這種無聊的愛情遊戲，若真看上某個人，他一定會在適當的時機即刻出手，絕不浪費時間。

「公爵閣下。」恩爾菲斯特表情嚴肅，「您打算什麼時候召開貴族例會？」

切爾西微微愣住一瞬，因被猜中心思而勾起嘴角，「再過七天。」

恩爾菲斯特輕敲指節，「這幾樣東西先留在我這裡，在貴族例會之前，若是有關於摩羅斯科或是祈願會的進展，希望我們的消息是同步的。」

「這是表示在貴族例會時，探險隊公會將會公開表態支持我？」切爾西挑眉試探，毫不意外對上羅賓頓失笑意的灰眸。

「探險隊公會獨立運作，您很清楚這一點。但在立場一致的情況下，我們不介意多個短期盟友。」恩爾菲斯特神色平靜，不卑不亢地重述立場。

切爾西忽然在恩爾菲斯特身上，看到某個拋棄貴族身分跑去當狩獵者的傢伙的影子，那傢伙神色凜冽，面對他時毫不畏懼，更大言不慚地宣告「我一向清楚是探險隊公會發布任務，不是斯堪地聯邦」。

切爾西輕笑，「哈德蘭的脾氣果然都是被你慣出來的，恩爾。」

一句暱稱彷彿將兩人帶回年少時期，恩爾菲斯特有些動容。「他跟我很像。」冷冽的語調中帶著一絲和緩的暖流，如淡漠的貓咪悶不吭聲地坦露出柔軟的肚腹。

羅賓倏地站起身，打斷溫情脈脈的氛圍，「我們打擾恩爾太久了。親愛的哥哥，我們該讓恩爾休息。」

切爾西毫不在意地起身，「諸位，晚安。」

恩爾菲斯特回到玫琪絡子爵替他準備的房間，正準備就寢，窗戶突然傳來三長五短的特殊敲擊聲。恩爾菲斯特立刻推開窗戶，盧考夫順勢翻進窗裡，「總事務官，看見你真好。」

「盧考夫，你的手——」恩爾菲斯特神色凝重，「鬥獸場不可能擊敗你這樣的狩獵者，這是在伊爾達特傷的？」

「它成了紅鷺獅的午餐。沒關係，我還有另一隻手可以用。」盧考夫已經能心平氣和地接受自己的斷肢，他從懷裡拿出哈德蘭交代的小布袋，「總事務官，這是哈德蘭要我交給你的。」

恩爾菲斯特從布袋裡拿出信箋，讀了許久，盧考夫不敢驚擾對方的沉思。

半晌，恩爾菲斯特啟唇，「根據聯邦審議庭的判決與貴族協議，你的罪刑已經用鬥獸場與這件機密任務償還。就算機密任務不能對外公開，貴族的文件承諾也有效。別擔心柯法納索瓦公爵與他的貴族盟友，再過幾日米夏蘭斯基公爵就會召開貴族例會，公開柯法納索瓦公爵的罪行，逼迫他交出摩金之位。我們會利用那份文件，讓柯法納索瓦公爵在卸任之前簽署你的特赦令，到那時候你將重新受到探險隊公會庇護。」

這席話釋放盧考夫深沉的憂鬱，他深深呼出一口氣，左臂斷肢處終於不再隱隱作痛。恩爾菲斯特見狀況不對勁，連忙將他按在椅子上，「先坐下吧，你是怎麼來的？」

盧考夫這才想起等在窗外的奧菲，他叫道：「奧菲，進來吧。」

恩爾菲斯特眼睜睜看著一個赤紅髮色的男人從窗戶爬進來。男人體型健碩，身後攏著一雙巨大的翅膀，手持橫笛，對他扯開燦爛耀眼的笑容，「原來你就是哈德蘭說的總事務官。叫我奧菲，你叫什麼名字？」

恩爾菲斯特望向那雙豔紅如火的雙眸，喃喃自語：「是你，不是夢。」

盧考夫頗感納悶，來時的路上奧菲毫不客氣，絕不像眼前這樣親切，「你們見過？」

「嗯。」恩爾菲斯特回得心不在焉，「好幾年前我還是狩獵者時，有一次騎祖克鳥出任務，在橫越圖西亞半島時碰到大雷雨，祖克鳥失控了，我從天空中掉下來，隱隱感覺有人接住我，後來我在自己的房間裡醒來，以為這只是場夢。」

他靠近奧菲那雙巨大翅膀，忍不住伸手沿著鳥人的脊椎向上撫摸，柔軟的羽毛拂過掌心。一陣酥麻感從奧菲的脊椎末端向上蔓延，他吞下唾液，喉結上下滑動，羽翅微顫。

「不是夢，是你沒錯。」嗅到夢裡的氣味與熟悉的觸感，恩爾菲斯特抬首微笑，「叫我恩爾就好，真高興見到你，奧菲。」

盧考夫正要插話，外頭忽然傳來一陣敲門聲。「恩爾，你睡了嗎？有客人？」

「等等。」恩爾菲斯特對門外喊道，同時揮手示意房內的兩人從窗戶爬出去。

羅賓在門外等了片刻，木門才被拉開，露出恩爾菲斯特秀麗的臉龐，「有事？」

「進去說話？」羅賓漾起常見的風流笑容。恩爾菲斯特淡漠地點頭，向後退開。

羅賓一進門就感到涼意，房裡的窗戶大敞，冷風直灌入房裡，「怎麼把窗戶開這麼大？不冷嗎？」

「需要吹點冷風，讓腦子更清醒一點。」恩爾菲斯特上前關起窗戶，「這麼晚了，有事嗎？」

「我……」向來率性自負的探險隊公會會長罕見地猶豫不決，「想問你一個問題。」

恩爾菲斯特沉沉地注視他。以往被那雙橄欖綠瞳凝視，羅賓的心就像被羽毛輕輕拂過，感覺令人沉溺，想不顧一切地靠近。他無所不用其極，只為了能待在距離這個人最近的位置，就算橫插進探險隊公會組織而被所有貴族側目也無所謂，只要恩爾菲斯特的眼底能永遠映著自己的身影。

但此刻他貪心地想要更多。想要這個人的信任，這個人的溫情，這個人的心。他緩緩啟唇，「當初你拿著那條鮑獅項鍊來對質，是真的懷疑派出刺客的是切爾西嗎？」

恩爾菲斯特眼裡閃過一絲光芒，「是。」

不知為何，那答案竟讓羅賓鬆了口氣，「那當時你懷疑過我嗎？」

恩爾菲斯特平靜地望著他，羅賓心裡的火焰愈來愈小，逐漸無法維持臉上的笑容。良久，恩爾菲斯特掀動唇角，「我有點驚訝你會問這個問題。」

羅賓急切地開口，「恩爾，我不是不信任你——」

「我沒懷疑你。」恩爾菲斯特打斷他，「因為沒必要。」

羅賓剛重新綻開笑容，然而笑容卻僵在臉上。

「哈德蘭會把藍玫瑰帶回探險隊公會，你能在位置上做最後呈報斯堪地聯邦的決定。你一定會經手藍玫瑰，沒必要另外派人暗殺他，只要坐在總部裡等著就好。」

恩爾菲斯特句句有理，但羅賓察覺自己一點也不高興。他扯了扯唇，意興闌珊地道：「是啊，沒必要。」

「還有事嗎？」

羅賓揉了揉臉，「沒事，不對，還有一件事，你什麼時候要復工？公會事務太多了，我需要你。」

他發出慣有的哀號，如願在恩爾菲斯特的眼底看見熟悉的無奈。至少這一面的恩爾只有他能看見，誰都不行，連他的親兄弟也一樣。

「我明天就回總部。」恩爾菲斯特承諾道：「去看看公會那些孩子怎麼樣了。」

羅賓離開後，恩爾菲斯特頓失睡意，哈德蘭的信箋除了寫明如何修復黃金盞以及對盧考夫的安排外，還證實他的猜測。

他想起當發現鮑獅項鍊上玄機的那一刻是如何震驚，震驚得夜不能眠。只要旋轉作為項鍊墜飾的硬幣，轉至某個角度時佐以陽光照射，硬幣浮刻的鈴蘭花幾片花葉就會暗下，現出麟花的模樣。

貴族的家徽向來代表家族榮耀，當貴族選擇信物時，很少能完全擺脫家徽帶來的影響。雖然這條鮑獅項鍊曾讓他短暫懷疑過米夏蘭斯基公爵，但當拿著項鍊與切爾西對質，切爾西只是冷哼不發一語。

他陡然想起這人是多麼驕傲，高傲得連替自己反駁都覺得浪費時間。倒是那時，切爾西也曾在手裡把玩那條項鍊，然後留下一句「老傢伙的心可不老」。或許切爾西那時就看到麟花，也看到背後所代表的柯法納索瓦家族。

其實恩爾菲斯特早就有所懷疑，只是不願意相信。哈德蘭帶回藍玫瑰事關重大，他明白勢必會引來眾人的覬覦，但那些貴族頻頻出手，已經超過他忍耐的界線。他不想迫於貴族壓力簽發哈德蘭的通緝令，便打算以「罷工」名義藏匿起來，替哈德蘭爭取時間。

切爾西看出他的謀算，提前派騎兵將他接到隱蔽的別莊暫住。而後切爾西透露玫琪絡子爵由於蠍獅墜飾與祈願會的鉅額花費陷入財務困境，不得不向切爾西求助。

切爾西順勢向恩爾菲斯特提議，與探險隊公會聯手設局捕捉卡司地，弄清楚伊索斯聖堂的祈願會與聖堂駐手在搞什麼鬼。恩爾菲斯特被安排住到玫琪絡子爵的宅邸，與切爾西一同審問卡司地，卻意外聽見卡司地供稱柯法納索瓦利用蠍獅項鍊攏絡貴族，他原先冀望那只是貴族角力的手段之一，直到看到哈德蘭的來信。

帶著麟花與鮑獅項鍊的刺客，特意培養的聖堂駐手，再加上利用特製蠍獅項鍊操弄人心，這全是柯法納索瓦公爵所為。一次或許是偶然，兩次也許是巧合，三次那就是惡意。

彷彿一股冰涼的水流從腳下升高，漫過恩爾菲斯特胸膛，讓他的心徹底涼透。他們所以為的，最溫和敦厚，又最支持平民與探險隊公會的貴族，從來不曾存在過。

藍白金礦山發出極度刺眼的白光，哈德蘭在遙遠的海域就能感受到壓迫，如同他還未被轉化成半漁人之前，潛入極深水域所帶來的壓迫感。

「不舒服嗎？」皮拉歐停下，在水中凝望他。

遠處的白光讓他在深海之中也能看清皮拉歐擔憂的每一吋表情，他親暱地捏著皮拉歐的臉頰，扯掉那份憂鬱，「我沒事，走吧。」

「你不舒服。」皮拉歐肯定地道：「我去過那裡一次，在靠近時就被它的光驅離。艾塔納瓦大長老跟我說過，只能用精神力共鳴取得它的認可，你沒有精神力但是我有。」

皮拉歐握緊伴侶的手，將精神力向外推送。哈德蘭感覺熟悉的熱量透過交握的掌心傳遞而來，壓迫感被那股熱量逼得節節敗退，源源不絕的熱量疏通他的血脈，他緩緩舒了口氣，「好多了，謝謝。」

「再往前會需要更多精神力，要是你承受不住就告訴我。」皮拉歐扣住哈德蘭的掌心，「我絕不會讓你受到任何傷害。」

「我可不是靠著被人保護活到現在。」哈德蘭輕捏皮拉歐的指掌，「繼續前進。」

皮拉歐帶著哈德蘭朝發出熾白光芒的礦山游去，他放慢游速，每前進約十個身長的距離就加大一倍精神力。壓迫愈來愈大，但哈德蘭體內流轉的熱量隨著皮拉歐的前進開始吞噬那股壓迫感，熱量在他體內膨脹，生生不息地流轉。

來到藍白金礦山前，燦藍與熾白之間的熾芒銳利如刃，他們迎上前去，逼人的熾芒劃過身軀，隨後將兩人完全包裹，一股水流將兩人推進礦山一處洞穴。

洞穴很深，岩壁上出現幾道凹痕，哈德蘭瞇眼辨認，那些凹痕構成的圖形與在斯特龍博利火山口與黑蟄蠍巢穴中見到的很像，但此處岩壁的圖形比另外兩地更加完整，細看像是古文典籍中的符咒印記。

隨著印記的劃痕深入洞穴，深處有座龐大的祭壇，上面躺著一隻白海象獅，牠蜷縮成一圈，將一顆散發出藍白色光芒的巨大礦石圍在祭壇正中間。祭壇周圍圍繞著一群深藍色半蛇半蠍的奇特生物，牠們揚起頭吐出蛇信，對白海象獅虎視眈眈，卻彷彿忌憚著什麼而不敢靠近。祭壇中央的白海象獅雙眼緊閉，看不出是陷入深眠還是死亡。

哈德蘭與皮拉歐的到來驚動那群藍蛇蠍，牠們調轉方向包圍兩人，藍綠色的細長雙瞳紛紛瞇起，打量的目光滿是惡意。皮拉歐握緊哈德蘭的手，將精神力一口氣往外送。

哈德蘭習慣身體裡流竄的熱量，也嘗試以意念推送那股熱量，他的心臟忽然猛烈跳動，熱量如同漩渦般在體內打轉。慢慢地，他感覺周身的水流以同樣的形式繞著自己轉動，「皮拉歐，這是——」

皮拉歐的驚愕不比他少，隨即暢快地笑出聲息，「哈德蘭，你的精神力能引起共鳴！我真幸運，能在這個世界上找到你作為伴侶！」

「我……」哈德蘭正困惑於自己的新能力。皮拉歐倏地湊近，目光狂熱，「再施加更多精神力看看，你一定能做到。」

那道炙烈的目光如初春時從雲層後方迸出的第一束陽光，能讓人心生正念與希望。哈德蘭的胸臆間滿是豪情壯志，他無視近在咫尺的大群藍蛇蠍，依著皮拉歐的指示，集中意念持續推動旋轉的熱量，周身的水流加快流速，逐漸形成小型的漩渦，逼退靠近的藍蛇蠍。

「你做得真棒！」皮拉歐彷彿吞下一整朵長春花，目光帶著濃烈的愛欲與強烈的侵略性，彷彿在看世上獨一無二的珍寶般，恨不得將他據為己有，藏在只有自己才知曉的地方，牢牢看守絕不讓任何人看見。

哈德蘭赧然撇過臉，「先拿到藍白金礦再說。」

有那麼一瞬間，皮拉歐幾乎想拋下任務，帶著哈德蘭離開北之海域，一起在斯堪地大陸生活。他會跟著哈德蘭出任務，偶爾去海裡抓幾條魚，過著刺激冒險又和平安詳的日子。這念頭很快就被壓回心底，皮拉歐將哈德蘭的手握得更緊，「哈德蘭，跟我一起把這些亂七八糟的生物全部打飛。」

「好，我們一起。」哈德蘭勾起嘴角。蓄積在體內的熱量倏然暴漲擴及全身，哈德蘭以全身意志推動那股熱量，他的心臟、血液、身體的每一吋都在震動，他與皮拉歐的意識融為一體，成為皮拉歐的半身，能感覺所有皮拉歐所能感覺的事物。

皮拉歐的精神力廣闊如海，籠罩整個洞穴，一整片漩渦以祭壇為中心，將所有藍蛇蠍捲進去。哈德蘭與皮拉歐逕自穿過漩渦，來到祭壇中心。皮拉歐驚訝地湊近那頭白海象獅，「白爾？」

「這是你的寵物？」哈德蘭趴下身貼在白海象獅的背部聆聽，「還活著。」

「牠是我的童年玩伴，很久以前就失蹤了。」皮拉歐不捨地撫摸白海象獅的背脊，「我們得把牠一起帶出去。」

「別擔心，我們會把牠帶出去。」哈德蘭一觸碰白爾以身體包圍的藍白色熾光巨石，一晃眼皮拉歐與整座祭壇便全消失不見，只出現一位陌生的老者。

「你是誰？」哈德蘭警戒地問。

「哈德蘭。」老者緩慢啟唇：「只有你？你的黑尾鵟呢？」

哈德蘭試探地問：「您認識我的祖先？」

傳說杜特霍可家第一代祖先哈德蘭養著一隻會帶來勝利的黑尾鵟。老者端詳他，半晌說道：「不，雖然擁有相似的靈魂，但你不是他。唉，是我太想念他了。」

「您是鎮守這顆礦石的神靈嗎？」哈德蘭從背包中抽出十字鎬，作勢要敲擊礦石，「很抱歉驚擾您的休息，但我們急需藍白金礦修復漁人一族的——」

「藍金豎琴，沒人比我更清楚。」老者輕嘆，「我是索菲亞。」

「索菲亞。」哈德蘭喃喃複誦：「索菲亞，索菲亞。」

他只知道一個索菲亞，那人以魂魄為代價對抗惡狼與聖靈，卻不幸被聖靈吞噬。

「索菲亞大祭師？」哈德蘭升起警戒。

「嗯。」索菲亞頷首，「我知道你的來意，但我必須把藍白金礦託付給足以信任的人。」

索菲亞劃開水流，哈德蘭眼前同時出現兩個橢圓狀的裂口。右邊的橢圓裂口裡出現熟悉的背影，那是他的父親亨利克，此刻亨利克正在伊爾達特負傷面對醜惡的黑蟄蠍后。

哈德蘭的眼角一抽，他知道再來會發生什麼，亨利克會與黑蟄蠍后兩敗俱傷，費盡千辛萬苦才拿出蠍后心臟裡的藍玫瑰，再將藍玫瑰餵給已經失血過多昏迷的兒子。

那左邊的橢圓是什麼？他強迫自己轉過頭，一眼就看見幾乎令心跳停止的畫面。所有紅敕蠍聚集在火山口向下爬，準備圍攻取得紅白金礦的自己。皮拉歐站在火山口，催動精神力震懾那群紅敕蠍，但身後有一隻落網之魚，高舉大螯正要伺機發動攻擊，皮拉歐絲毫未覺，避無可避。

他曾在皮拉歐後背看到那幾乎穿身的傷口，距離心臟只有幾吋，近得令人害怕。哈德蘭嗓音嘶啞，「你想要我做什麼？」

索菲亞的聲音在水幕之間迴盪，「這兩人都曾經面臨生死關頭，但我能在特定條件下連結兩人的生命力進行轉移。我將讓你做決定，你選擇拯救的那個人會活下來。」

哈德蘭的心臟跳得飛快，喉嚨乾啞幾乎發不出任何聲音。這一切發生得太快，讓他來不及反應，他不確定眼前這位號稱「索菲亞」的老人值不值得相信。傳聞中索菲亞大祭師與聖靈締結共生誓約，進而分享彼此的生命力，若眼前的老人真是傳說中的索菲亞大祭師，確實有可能做到共享與轉移生命力。

但這是否是個誘人上當的陷阱？背後有其他更加險惡的陰謀？哈德蘭當然渴望再見到父親，若真有機會能換取父親的命，他願意付出任何代價，但他已經不是不經人事的孩童，知道起死回生、逆轉過去有多麼駭人聽聞。斯堪地大陸不乏有特殊信仰的宗教，但就連最負盛名的摩羅斯科與其聖徒都沒有復活死者的傳聞。

此外就哈德蘭所知，伊爾達特有幾種植物能讓人產生渴望的幻覺，他是否正置身在幻覺之中？他閉了閉眼，強迫自己靜心思考。若一切只是幻覺，那他的選擇不會改變結果，只是向索菲亞展示決心，以現況來看，拿到藍白金礦，解決漁人的危機更像索菲亞樂意見到的選擇。

若索菲亞所言屬實，他確實有機會改變過去，只要出手幫亨利克擊敗黑蟄蠍后，成功拿到藍玫瑰拯救過去的自己，就能和父親一起回家。

這想法確實誘人得令他心跳加速，但只要一想到那是拿皮拉歐的命去換父親的，他的心臟立刻被浸入冰雪中冷得發寒。

一瞬間腦海急速閃過與皮拉歐出生入死的畫面，他們合力抵抗黑蟄蠍后拿到藍玫瑰，從斯特龍博利山口取得紅白金礦；當皮拉歐被盧考夫重傷，他為了救皮拉歐而捨棄近半的血液；他想討好皮拉歐而在東海遇難，皮拉歐為了找他翻遍整個東海；他們在黃沙土面臨滂沱大雨時，在帳篷裡交換第一個吻；皮拉歐跳了一次又一次的求偶舞，他在皮拉歐求歡時默許了皮拉歐的放肆。

他們相互扶持，互相拯救，互許終身。皮拉歐對哈德蘭來說至關重要，他能拿自己的命去換父親的，也能拿自己的命去換皮拉歐的，但要拿皮拉歐的命去換父親的，他寧願去死。

「若是我的命呢？」哈德蘭的嗓音沙啞至極，「我的命換我父親的，可以嗎？」

「不行，你只能選擇這兩者其中之一。」索菲亞平靜地說。

「啊——」耳邊忽然傳來亨利克被黑蟄蠍后攻擊發出的痛呼。哈德蘭冷汗直冒，若眼前發生的一切不是幻覺，那他就是眼睜睜地看著父親送死，身為人子怎麼能這麼做？

他曾經祈求過千萬次，願意用任何代價去換父親的命，好不容易有一次機會，卻得要做出極端的抉擇。

索菲亞的考驗太過冷血，要哈德蘭將父親與皮拉歐的命放在自己的心做成的天秤上秤重，一邊是敬愛的父親，一邊是好不容易找到的伴侶，他要怎麼選？

靜心，哈德蘭，靜心。他深吸一口氣，再度闔眼，聆聽自己深沉的呼吸聲。

黑暗之中，皮拉歐的身影浮現，他站在高聳的柳橙樹上興奮地喊叫，一個勁地問什麼時候要向下跳，藍眸泛出耀眼璀璨的藍光，像毫無雜質的精粹琉璃透光閃爍。那是哈德蘭第一次在高空之中聽見海浪滔滔。

緊接著皮拉歐遭受烈火焚燒，下腹潰爛染遍鮮紅的血，神色慘白瀕臨死亡。哈德蘭的心彷彿被數萬根銀針同時戳刺，起先是細微麻癢，隨後便如翻湧的海浪，鋪天蓋地的疼痛將他層層淹沒沁入骨髓。

哈德蘭的眼睫微顫，他過了長達十五年沒有父親的日子，卻不能接受此生再也見不到皮拉歐。他深深喘了一口氣，試圖忽略父親的慘叫，他不該逆轉過去讓死者復甦，讓父親的靈魂遭受褻瀆，被不明人士強行喚醒，父親已經長眠不該再被打擾。

若真要在父親與皮拉歐之中選一個，他要選擇未來。

心隨意動，哈德蘭衝進左邊橢圓裂口，一刀砍向試圖偷襲皮拉歐的紅敕蠍。紅敕蠍被打斷攻勢，憤怒地低鳴，正要張嘴噴火時哈德蘭提刀又砍，牠舉起大螯防禦。卡托納尖刀與大螯同樣堅硬，哈德蘭憑著一股絕不認輸的氣勢勇往直前，竟將那隻紅敕蠍逼近火山口。

紅敕蠍再度張嘴，哈德蘭立即抬腳將牠踹進熔融岩漿。還沒喘過氣，求生直覺讓他後空翻一圈，另一隻紅敕蠍的大螯落在他原本站立的位置，皮拉歐身後出現更多紅敕蠍，全向哈德蘭聚集。此刻奧菲在火山口另一頭吹奏笛音，皮拉歐在不遠處運用共鳴力震懾火山口裡的紅敕蠍，奇異的是那兩人完全沒有察覺他的到來，各自專注對付敵人。

哈德蘭善用僅有的武器與俐落的身手在紅敕蠍中穿梭，將紅敕蠍群向旁引開遠離皮拉歐，每當有隻紅敕蠍要噴火，哈德蘭便跳到另一隻紅敕蠍背後，利用紅敕蠍堅硬耐熱的背殼抵擋火焰的高溫。他的衣服逐漸變硬，頭髮微微捲曲，宛如一塊正被烘烤的牛排，汗水布滿額側。

紅敕蠍改變隊形圍成一圈，將哈德蘭圍在正中心開始噴火，他避無可避。愈是危難愈要冷靜，哈德蘭闔上眼，察覺體內有股熟悉的熱量，熱量隨著奧菲的笛音在體內流轉，他以意念用力推送那股熱量，距離他最近的紅敕蠍張開嘴忽地停住。

在外圍的紅敕蠍鼓譟著紛紛張嘴，哈德蘭再度推送意念，體內的熱流以心臟為中心向外擴散，那群紅敕蠍慢慢停住動作，他持續推送意念震懾更多的紅敕蠍。分神往皮拉歐看去，卻看見不遠處一隻落單的紅敕蠍正要從後方偷襲皮拉歐，他大驚失色，情急之下用盡所有精神力推動體內熱流，同時往皮拉歐奔去。

那隻紅敕蠍有片刻停頓，這一耽擱，正好讓哈德蘭嵌入牠與皮拉歐背後的空隙，他舉起卡托納尖刀砍向赤紅大螯，尖刀與大螯相撞，他抓握刀刃的指掌幾近泛白，手背的青筋一條條浮現，他奮力使勁，大螯一偏刺向皮拉歐的肩背，那裡立刻冒出帶血的大洞。哈德蘭眼角微抽，與此同時看到一隻手伸出火山口，那是他自己。

一股強勁的水流倏地將他捲進橢圓裂口，帶回到祭壇前，他透過橢圓裂口看見自己爬出火山口，焦急地扶著皮拉歐坐上祖克鳥，飛離斯特龍博利山。哈德蘭鬆了一口氣，看向右側橢圓裂口，亨利克正捂著鮮血淋漓的下腹癱坐在地，黑蟄蠍后倒在他前方。

一切全依照歷史軌跡而行。哈德蘭眼眶微熱，貪婪地凝視父親的身影。

亨利克從腰間拿起冰雪瓶喝了一大口的雪透酒，抹了抹嘴，看向腳邊昏迷不醒的哈德蘭，溫柔地拂過兒子汗溼的鬢角，聲調低沉柔和，「哈德蘭，我的兒子，很抱歉不能再陪你走以後的路，但是你已經成長到能作為獨當一面的狩獵者，這次幸虧有你，我們才能一路走到大峽谷順利摘下長春花。你年紀還輕，未來不可限量，相信你一定能取得比我更厲害的成就，在狩獵者的路上走得比我更遠更長。

「我這輩子最後悔的就是沒有好好陪希莉，她是一位好妻子，我卻不是一個好丈夫。她需要我的時候我總是在出任務，她卻從來沒抱怨過，那讓我更加愧疚。作為狩獵者，我已經沒有什麼好教你的了，但作為父親，希望你能代替我好好照顧我的妻子，替我守護她。若將來你有想要共度一生的伴侶，一定要記得，伴侶永遠比任務更重要。說我自私也好，但連自己的伴侶都保護不了，更別談什麼任務，談什麼守護斯堪地大陸。最後，我很驕傲有你作為我的兒子。這條通往死亡的道路，我先走一步替你探探路。若是有一天在別的地方相見，你一定要告訴我你經歷過的冒險故事。」

亨利克喘著氣，冰雪瓶從他手裡滑落，掉在黑石土上向遠處滾去。

兩個橢圓裂口消逝，索菲亞溫和地看著哈德蘭，「很抱歉窺探你的心，但我必須確認你有堅定的心智。在與『它』爭鬥的過程中，你將會面臨艱難的選擇，但我相信你一定會選擇正確的那一個，守護斯堪地大陸。」

「等等，所以這一切是真的嗎？」哈德蘭低啞的嗓音裡壓著濃厚的情緒。

索菲亞的目光平和睿智，「是也不是，這個世界的虛幻是另一個世界的現實。你若選擇改變過去，心智將被『聚攏』吞噬，付出巨大代價。」

「什麼意思？」哈德蘭執著地問：「這全是幻覺嗎？」

索菲亞嘆了口氣，「在你所不知道的地方，存在著與我們相似的世界。平時互不干涉，但若是意念足夠強烈，世界便會被吸引而靠近互相干擾，我們稱為『聚攏』。若干擾過大，引發『聚攏』的人將以己身填補造成的空隙。」

「所以那個世界的亨利克也選擇自我犧牲？」哈德蘭低聲問。

「在你看來是這樣沒錯。」索菲亞頷首，「而你的『聚攏』拯救那個世界的皮拉歐，他的未來將會與這個世界的過去重合，回歸正軌。」

哈德蘭試圖沉澱磅礴的情緒，索菲亞的考驗讓他重回人生最懼怕的一刻。

他一直認為若是自己足夠強悍，就能從伊爾達特全身而退，不至於連累亨利克喪命。他害怕父親帶著遺憾過世，至死都見不到母親最後一面，他害怕父親怨他，更怕知道父親真的怨他。他懷著這樣的恐懼長達十五年，但這次考驗卻意外讓心底那堵沉甸甸的石牆轟然碎裂。若剛才看到的是真的亨利克，即使是另一個世界，那也是他的父親。

當自己被黑蟄蠍后重傷昏迷，留亨利克與黑蟄蠍后單打獨鬥，進而兩敗俱傷瀕臨死亡，亨利克卻絲毫沒有責怪他的莽撞與弱小，反而慶幸他的跟隨。就算那只是父親死前最後一個善意的謊言，他也願意相信當年父親是從容赴死，並非死不瞑目。如此他終於能夠平心靜氣地接受過去，不再自厭當年。

「我可以帶走藍白金礦了吧？」

索菲亞搖頭，他的身影忽然變得愈來愈透明，「不，直到伊薩克振的後人也通過考驗。我恐怕支撐不了多久，希望你們不會讓我失望。」

哈德蘭這才看見坐在祭壇邊的皮拉歐，皮拉歐雙眼緊閉，一群藍蛇蠍圍繞在周圍，其中一隻吐出蛇信舔他的臉。哈德蘭拔出卡托納尖刀砍向藍蛇蠍，藍蛇蠍被激怒，發出懾人的低鳴，轉而攻擊哈德蘭。水裡使刀比陸地上更加困難，哈德蘭以尖刀防禦長著突刺的蠍尾，同時大喊：「皮拉歐，醒醒！」

皮拉歐卻聽而未聞，看起來像是陷入幻覺中。哈德蘭沉澱思緒，試圖與海流共鳴，但沒有皮拉歐的帶領或奧菲的笛音，他無法感受體內的熱量。哈德蘭心急如焚，一邊探尋體內熱流，同時抵禦藍蛇蠍的攻勢。

他被藍蛇蠍逼得退到皮拉歐身側，左腳無意間踢到某個堅硬發燙的物體，哈德蘭分神細看，皮拉歐腰間的匕首帶著炙人的高溫，周身隱隱散出藍光。哈德蘭伸手觸碰匕首，某種熱流逐漸從刀柄流進身體裡，放大所有感官，那股熱量流動的方式相當熟悉，他在伊爾達特握住匕首時經歷過一次。

他立刻解下那把匕首，收起卡托納尖刀改以匕首禦敵。源源不絕的熱量從匕首流進身體裡，他推動那股熱量，匕首周圍形成小水渦，哈德蘭集中意念推送更多熱量，水流以他為中心如漩渦般圍繞整個祭壇，藍蛇蠍全被捲進漩渦裡。

在漩渦中央，他握住皮拉歐的右手，將一部分熱流傳遞過去，建立精神力連結，但他的意念就像注入深沉廣闊的大海，毫無回應。糟糕，皮拉歐完全陷進幻境。他在現實世界所向無敵，但若無法意識到在作夢，很可能會永遠沉眠在夢境裡直到死亡。該怎麼辦？哈德蘭緊握住皮拉歐的手。如果能進到皮拉歐的夢境裡，或許能把他帶出來。

哈德蘭一動念，匕首頓時發出熾光將他整個人包進其中，穿過無數漩渦的中心後在半空中猛地下墜，他努力翻身保持平衡，察覺即將墜落在樹林之中。他伸手抓住粗壯的樹枝，樹枝被體重與速度向下拉扯而斷裂。哈德蘭再度下墜，他抓了數根樹枝減弱墜勢，落在草地上翻滾，滾到柔軟冰冷的軀體旁。

哈德蘭睜眼，與細長的蛇眼互相對視。巨蟒巴卡緩緩移動粗壯而柔軟的蛇身，將他一圈圈圍在中央，哈德蘭緊握匕首，不敢輕舉妄動。遠方傳來窸窸簌簌的草叢摩擦聲響，接著他看見另一個自己與皮拉歐匆忙跑過一旁的樹叢，身後跟著一大群蟾蜍。

巴卡隨即放棄他，追在蟾蜍後方，蟾蜍讓開一條道讓巴卡滑行到前方，皮拉歐背著另一個他加快腳步，巴卡距離兩人咫尺之遙，正要張嘴將兩人一口吞入。危急時刻哈德蘭利用一旁的藤蔓盪過去，握緊手上的匕首刺向巴卡的背部，堅硬的蛇鱗擋住他的攻擊，卻也阻擋巴卡的追趕，這一耽擱，皮拉歐已經背著另一個他跑得老遠，最終跳進柳橙溪。

哈德蘭鬆口氣，冷不防地被巴卡的尾巴捲起，舉到與牠四目相對的高度。黃澄細長的瞳孔讓人心神微凜，哈德蘭的雙臂被牢牢捆住無法舉起，他握緊匕首伺機而動。

巴卡張開嘴露出細長的尖牙，蛇信舔過哈德蘭的臉，溼漉漉的蛇涎帶著某種腥味，他憋住氣忍耐。匕首再度發燙，哈德蘭以意念推動體內的熱量，巴卡緩緩放鬆蛇尾將他放下，附近的蟾蛛全數退開，巴卡用尾巴輕輕一推，將他推出哈瓦娜叢林。

哈德蘭微愣，望向巴卡，巴卡也凝視著他，數秒後轉身離開。他收回思緒游過柳橙溪，躲在岸邊的樹林裡。

皮拉歐正笨拙地用行囊裡的火種將半溼的樹枝點火，漁人戰戰兢兢試了好幾次，總算點燃微弱的火苗，堆疊的樹枝與樹葉冒出濃烈白煙，嗆得皮拉歐止不住咳嗽。他謹慎地將魚叉進火堆中，煙冒得更大，魚不小心落進火裡，皮拉歐手忙腳亂地用樹枝將焦黑的魚撥出火堆，火星濺到手臂使魚鱗迅速泛白，皮拉歐不發一語，繼續燒烤剩下捕上來的魚。

看到皮拉歐手臂上的魚鱗泛白脫落，哈德蘭眼角微抽，他知道皮拉歐曾經為他烤魚弄傷自己，但親眼看到還是覺得心疼。正想上前制止，某股強大的吸力忽然將他向外吸，周身景色化成漩渦快速閃過眼前，哈德蘭看見基里部落的人神色匆匆地將些許麟花蜜倒在地上，接著躲在暗處等他和皮拉歐經過，悄悄將不遠處的黑熊引來。

一陣天旋地轉，哈德蘭再次落地，滂沱大雨挾帶著冰雹打在身上，他靠向牆壁尋找遮雨處，天空打下閃電，眼前的建築物一亮又暗下，內部隱隱傳來音樂與眾人嘈雜聲。

「砰！」響亮的撞擊聲在暗夜中格外清晰，刀劍碰撞的聲響緊接其後。哈德蘭趕過去，一名刺客拿著藍寶石匕首正要攻擊皮拉歐，皮拉歐狼狽地閃過，裝著藍玫瑰的玻璃瓶滾出懷裡，皮拉歐伸手抓住玻璃瓶卻疏於防備，那把藍寶石匕首倏地刺進他的下腹，另一名刺客同時以長劍刺穿他的掌心。

一切發生在數秒間，快得哈德蘭來不及阻止，他隨即衝向前攻擊第二名刺客，刺客停頓片刻，第一名刺客欺身上前，哈德蘭回身一劍刺進第一名刺客的心臟，這時一支利箭分毫不差地刺穿刺客的背脊。第二名刺客撿起地上的藍玫瑰花瓣迅速脫逃，哈德蘭跪下身捧起皮拉歐的頭顱，嗓音嘶啞，「皮拉歐，振作一點！」

皮拉歐似是沒聽見他的叫喚，發出痛苦的抽氣聲，與此同時，哈德蘭的身後傳來雜亂的腳步聲。下一刻手中的匕首再度發熱，哈德蘭又被吸進景色亂流形成的漩渦。

他頭暈目眩，這次的漩渦比前兩次經歷得更長，哈德蘭在漩渦中轉了好幾圈，才發現被捲進海中不停旋轉，而漩渦中心是臉色泛白的皮拉歐。巨大的水流與超乎尋常的流速讓他說不出話，只能眼睜睜看著皮拉歐的臉色愈來愈白，雙手微顫，周邊的漩渦不停擴張。

「皮拉歐，住手！」他喊道。皮拉歐聽而未聞，固執地持續擴大並同時移動漩渦，哈德蘭被翻騰的海浪淹過又浮出，他游近皮拉歐，在皮拉歐的耳邊大吼：「住手，你會毀了這裡！」

皮拉歐倏地抬眼望向遠方，混雜著驚喜、慶幸與懼怕，那個表情哈德蘭至今無法忘懷。他順著皮拉歐的視線望去，另一個他出現在漩渦邊緣，皮拉歐一口氣縮小漩渦，讓另一個他被水流帶進懷裡。

皮拉歐顫抖著撫摸另一個他的臉頰，熾藍雙瞳溢出一滴淚，落在哈德蘭的掌心。哈德蘭怔怔地望著那滴水珠，他第一次看見皮拉歐流淚，那麼自信、英勇無匹的皮拉歐，也會因為擔心他的生死而流淚。

在皮拉歐因為他而遭受火焚與暗殺，在還存疑他別有用心的時候，當他遇險，皮拉歐就忘記人類有多麼險惡，為他奮不顧身翻遍了東海。當哈德蘭事後問及自己怎麼脫險，皮拉歐卻只是輕描淡寫地提了一下，若非親眼見到，怎知道皮拉歐曾毫不顧及己身安危為他做這麼多。那是多麼熾烈的感情，多麼純粹的情意。

斯堪地大陸多年來流傳許多感人肺腑的愛情故事，情正濃時誰都能張口說一句願意為愛而死，說「唯有死亡能把我們分離」，但事實上真正做到的又有多少人？也許亨利克是一個，而皮拉歐是另一個。

哈德蘭闔起掌，以拇指抹去皮拉歐眼角的淚光，「嘿，我沒事，真的。」

他看著皮拉歐低頭，虔誠地親吻另一個他的嘴角，抱著他的雙手微微發抖，哈德蘭忍不住又說：「嘿，鎮定一點，皮拉歐，我還活著。」

皮拉歐若有所感地抬頭，哈德蘭來不及雀躍，眼前景色再度化成漩渦席捲而來。半响，他又落在哈瓦娜叢林，與巨蟒巴卡四目相對，看到皮拉歐背著自己從不遠處跑過。

哈德蘭再一次經歷同樣的三個場景，這都是皮拉歐面臨生死關頭，或是最無助的時刻。他看見皮拉歐茫然痛苦、失去信心、萌生死意，即使危難早已過去，卻仍然牢牢鐫刻在皮拉歐的心牆上，當情緒的微風沿著那些生命的刻痕前行，行至心牆盡頭便會形成風暴，席捲皮拉歐的心智。

哈德蘭試圖在幾次危難中改變現狀，但皮拉歐看不見他也聽不見他的聲音，不管發生什麼事，他所造成的阻礙都只能讓其他生物停滯數秒，無法產生實質性的變化。看著皮拉歐重複經歷這些事件，感覺皮拉歐一次比一次狼狽，一次比一次絕望。

他何曾見過這樣的皮拉歐，皮拉歐一向自信而驕傲，就算是瀕臨死亡的那晚，也靠著哈德蘭的血與絕佳的身體素質撐過來，彷彿天生就沒有「懼怕」這條神經，在哈德蘭面前幾乎強大得無懈可擊。那讓哈德蘭經常忘記皮拉歐也有弱點，也曾喪失自信，也曾經歷絕境。

哈德蘭握著手中熱得發燙的匕首，若是沒有同行，他不會知道索菲亞的考驗如此險惡。索菲亞讓哈德蘭從摯愛的兩人中做出艱難的選擇，讓皮拉歐重複經歷罕見的失敗時刻，折損皮拉歐的自信，消磨他的心智。

哈德蘭絕不會讓索菲亞繼續這麼做，他要打破這個迴圈。當哈德蘭再次落在埃德曼莊園前，他先一步等在皮拉歐落地處，在第一名刺客發動攻擊時，以匕首阻止對方的攻擊。藍寶石匕首相互撞擊，發出清脆的聲響。

他看見皮拉歐絕望的藍眸出現一絲困惑，哈德蘭立刻大叫：「皮拉歐，醒醒！」

皮拉歐掙扎著匍匐前進，將裝有藍玫瑰的玻璃瓶護在身下，哈德蘭對著他的耳朵又喊：「一切都是假的，皮拉歐，醒醒！」

皮拉歐感覺頭很重很沉，被火焚燒的疼痛與對哈德蘭的懷疑交織在一起，除此之外有一股濃厚的陰鬱壓抑在心底，沉重得喘不過氣。刺客的藍寶石匕首再度落下，哈德蘭暫時放棄叫喚皮拉歐，回身抵擋攻勢，藍寶石匕首相互撞擊的聲響在滂沱雨夜裡清晰可聞。

「緘默！皮拉歐，拿起你的匕首緘默！」哈德蘭使盡全力抵抗刺客的蠻力，抽空回頭大叫。

皮拉歐半撐起身體掃視四周，他又聽見金屬撞擊的聲音，那聲音驅散腦中濃重的迷霧，還給他一絲清明，他垂首看向掛在腰間的緘默。

哈德蘭被第一名刺客的蠻力完全壓制，而第二名刺客的長劍正要刺穿皮拉歐的手掌，哈德蘭更加著急，本能地運轉從匕首流進體內的熱量。與此同時，皮拉歐握起自己的匕首，擋住刺客的長劍。

精神力再度連結，哈德蘭察覺到皮拉歐的困惑，試著在心裡叫道：「**皮拉歐**。」

皮拉歐猛地抬起頭，「哈德蘭？」

哈德蘭精神一振，皮拉歐聽見他了！他立刻以精神力傳遞訊息，**「皮拉歐，這只是幻覺，你要掙脫它！」**

皮拉歐感覺五感全被蒙上一層霧靄，哈德蘭傳遞過來的意念像被包裹在厚重的白霧中若隱若現，他來不及細想，刺客的攻擊接二連三到來，下腹的焚傷限制他的行動，皮拉歐閃躲得有些狼狽。

「皮拉歐，我們在北之海域的藍白金礦山，還記得嗎？」

第一名刺客趁哈德蘭力量鬆懈的一刻抽身，圍攻皮拉歐，皮拉歐的思緒被打斷，被動閃躲攻勢。

「你陷入索菲亞的幻覺，他的目的是消磨你的自信，千萬不能讓他得逞。你經歷過的這些不是失敗，是成長的養分，所以才能和我一起走得這麼遠。」

皮拉歐手心裡的緘默炙熱燙人，源源不絕的熱量從刀柄流進身體裡，溫暖的熱流一點一點緩解下腹的疼痛，他矯健地後空翻閃避刺客的擊殺，逐漸恢復記憶。他記得被盧考夫火攻，又從哈德蘭的房裡掉下來，現在正面臨刺客的偷襲。

「皮拉歐快醒醒，我們要一起通過考驗，帶走藍白金礦和你的寵物，然後修復藍金豎琴。」

隨著皮拉歐閃避的動作愈加靈活，哈德蘭傳遞的意念也愈來愈清楚。「**皮拉歐，你是我見過意志最堅定的人，一定不會被這些幻覺迷惑。**」

皮拉歐旋身一踢，將第一名刺客的藍寶石匕首一腳踢飛，哈德蘭的意念直接在他的腦裡綻開。「**皮拉歐，這一切都是假的，你必須脫離它回到現實。我一直都在這裡，任何時候永遠與你同在。**」

「哈德蘭！」皮拉歐大吼，同時拔高躍起。他看不到哈德蘭，但聽見哈德蘭的聲音，哈德蘭一定在他身邊。皮拉歐忽然精神百倍，集中精神握緊緘默，順著緘默的指引，不顧刺客的攻擊，直直刺向空中某處劃開虛空。

而在虛空的縫隙中，他看見哈德蘭手持緘默向他伸出手。皮拉歐毫不猶豫地握住，掌心裡的緘默倏然發出熾烈的藍白光，將他們包進光芒裡。

皮拉歐眼前閃過成年禮的那刻，艾塔納瓦大長老將緘默交給他，同時留給他一句伊薩克振的箴言——保持緘默，堅定本心，必將無堅不摧。

皮拉歐回身緊緊抱住哈德蘭，男人溫熱的軀體與劇烈跳動的心臟平撫他曾經惶然不安的情緒，「哈德蘭，我曾將我的本心獻給你，若你叫喚我，無論我在哪裡，一定會回到你的身邊。」

斯堪地聯邦冒險手記

CHAPTER TWENTY-EIGHT

第
28
章

The Tales of Skandia Federal

賽提斯郊外，珈銀莊園。

馬拉利將身體伏低，隱在茂密的樹林之後。

這幾日，特別行動騎士隊得到總事務官的命令，暗中監視柯法納索瓦公爵的所有宅邸，尋找其暗中豢養的刺客。馬拉利跟蹤柯法納索瓦公爵數日，得知他今日要前往珈銀莊園，便提早潛進去。珈銀莊園地處偏遠又占地極廣，若要潛藏一支不在聯邦記錄中的軍隊並非難事。

入夜後，馬拉利利用與人同高的雜草匍匐靠近莊園。柯法納索瓦公爵的書房在二樓，馬拉利抬頭確認那間書房已點亮煤油燈，便藉由高聳的煙囪攀爬上去。

「你是要告訴我，不只沒成功拿到藍玫瑰，還讓哈德蘭跑了？」書房內，柯法納索瓦公爵的聲調沙啞低沉滿是怒意，與平日和藹寬容的模樣大相逕庭。

馬拉利一手搭在煙囪突出的石塊上，俐落地貼著外牆，書房的木窗半開，柯法納索瓦公爵並未壓低聲量，顯然沒料到會有人竊聽。

「非常抱歉。」那人的語氣克制而冷靜，承認錯誤時乾脆俐落，沒找任何藉口。

「算了。他有發現你的身分嗎？」

什麼身分？對方是誰？馬拉利為了聽得更清楚，又往前搭住另一塊石頭，此刻他的雙腳完全懸空吊在半空中，全靠臂力支撐。

「應該沒有。」那人想也不想地回答：「若是發現我就是埃德曼莊園的刺客，一定不可能保持冷靜。」

馬拉利的肌肉緊繃，他深深吐息保持平衡，雙腳一踢往上翻到隔壁房間的陽臺，腳底突然一滑踢落一旁的小石塊。

「啪噠。」石塊落下的聲音在寂靜的夜裡異常響亮。

「什麼聲音？」那人立刻推開木窗，往一旁的陽臺看。

「誰？」房內的柯法納索瓦公爵沉聲問。

「沒有。可能是聽錯了。」那人探頭看了半天，轉身回到書房繼續匯報。

馬拉利鬆了口氣，他就吊在陽臺正下方，恰巧在那人的視線死角，才能躲過對方的查看。汗水從額側滾落到下巴，他耐心等了一會，再度翻上陽臺。

就在此刻，陽臺內的窗戶向外推開，一名穿著睡衣的圓潤少女拿著燭臺探出頭，與馬拉利雙雙對視。少女與馬拉利同樣驚愕，馬拉利考慮打昏少女，少女藉著月光瞧見他左胸口的老鷹標誌，瞬間豎起食指示意馬拉利噤聲，隨後向內退開讓他進房。

馬拉利遲疑一秒便翻身進屋，少女隨即關起窗戶。房內很溫暖，馬拉利倏地意識到今晚的風有多冷，輕輕打了個噴嚏。

「閣下請保重。」少女輕聲說：「你是杜特霍可閣下的朋友嗎？」

馬拉利抽了抽鼻子，微微點頭，「晚安，小姐，很抱歉這麼晚還打擾。」

少女搖搖頭，往隔壁房間瞥一眼，「你是為了教父來的。」

她的聲調微弱卻肯定，馬拉利有些詫異，眼前的少女舉止優雅顯然出身貴族，他想不通一個貴族仕女在乍見房外陽臺出現陌生男人時，居然會選擇替對方遮掩。

「還未請教小姐的名字。」

「敏麗．莫索里，家父是莫索里男爵。」莫索里小姐細聲自我介紹，聲音帶著一絲緊張與不自覺的防備。

「莫索里小姐，晚安。我是探險隊公會特別行動騎士隊隊長馬拉利．孫其，我會馬上離開。」馬拉利不動聲色地拉開距離，察覺莫索里小姐悄悄放鬆許多。

「孫其閣下，請務必小心。」莫索里小姐輕聲道：「這裡愈晚會愈多人。」

「就我所知這是柯法納索瓦公爵的宅邸，為什麼小姐會住在這裡？」

莫索里小姐有些猶豫，馬拉利安撫她，「我們正在追查埃德曼莊園的暗殺事件，如果小姐也想幫助杜特霍可，那就把知道的都告訴我吧。」

莫索里小姐咬了咬下唇，「杜特霍可閣下還好嗎？」

「我們並未掌握他的下落，但根據最近一次的來信，他很好。」馬拉利面容端肅，態度從容沉靜，說起話格外讓人信任。

「貴族們因為藍玫瑰的事責怪杜特霍可閣下，讓我很擔心，聽到他沒事真是太好了。」莫索里小姐小心翼翼地瞥向隔壁房間，「孫其閣下，你查到什麼?」

「並不多，但我們認為刺客極有可能是柯法納索瓦公爵派來的。」

莫索里小姐面色霎時變得蒼白，身形搖搖欲墜，像是樹枝上最後一片葉子，在蕭瑟秋風中孤零零地堅持著。

「果然是教父。」她抱緊手臂彷彿極其寒冷，即便雙手環胸都無法緩解寒意。半晌，她望向馬拉利，「孫其閣下，我會把知道的都告訴你，請務必幫助杜特霍可閣下。」

得到馬拉利的首肯後，莫索里小姐搖搖晃晃地倒在單人沙發上，「前陣子教父告訴父親，藍玫瑰能幫助他延年益壽，父親怕教父獨吞藍玫瑰，所以希望我能跟在教父身邊，若是有藍玫瑰的消息就立刻傳遞回去。

「在埃德曼莊園的社交季，教父告訴我皮拉歐閣下與杜特霍可閣下拿到藍玫瑰，並打算將其給斯堪地聯邦，他鼓勵我去向他們表達謝意——當然主要是向皮拉歐閣下。我當時真的很感激他們，但在與皮拉歐閣下表示感謝後，皮拉歐閣下的狀態卻不太好。事後聽說那一晚埃德曼莊園發生暗殺事件，皮拉歐閣下受到襲擊而重傷，杜特霍可閣下為了拯救皮拉歐閣下，不得不使用藍玫瑰。

「我很認同杜特霍可閣下的做法，但知道教父當時雖然嘴上不說，其實心裡很不高興，他聯合父親與其他幾位貴族一同向探險隊公會施壓，並通緝杜特霍可閣下。我曾勸父親打消取得藍玫瑰的念頭，他的狀況很好只是行動比較緩慢，但為了得到那朵藍玫瑰變得暴躁衝動，還向教父介紹的聖堂駐手訂購不少蠍獅墜飾。

「我希望教父能幫助說服父親不要再執著藍玫瑰，卻反而被罵了一頓。父親把我送來時，只說這裡是最快能得知藍玫瑰下落的地方。」

莫索里小姐一口氣說完一大段話，說得臉紅氣喘。馬拉利適時遞了一杯水給她，「謝謝小姐的消息，這些很有用處，我會傳達給總事務官。若一切都是柯法納索瓦公爵策畫的，探險隊公會不會坐視不管，我們會揭穿他。」

「那教父、會怎麼樣呢？」莫索里小姐不安地問。

「理論上，貴族們會開會討論是否讓柯法納索瓦公爵接受聯邦審議庭的審判，如果他是無辜的，小姐不用擔心；若是有罪，聯邦審議庭也會酌情施以懲罰。」

這席話並未緩解莫索里小姐的不安，她心神不寧地握著茶杯。馬拉利又道：「冒昧請問小姐，妳是否知道柯法納索瓦公爵訓練士兵的地方在哪裡？」

莫索里小姐勉強打起精神，「應該是莊園北方的樹林，那裡有一座巨大的湖泊，樹林也很茂密，教父曾說那裡是天然的士兵訓練場。」

「謝謝小姐。請多保重，也願莫索里男爵能長命百歲。」馬拉利打開窗戶，翻出陽臺。

「孫其閣下，請多小心，也請幫我向杜特霍可閣下問好。」莫索里小姐的聲音在風中顯得微弱，卻隱隱潛藏不可撼動的堅定，與馬拉利印象中或活潑或高傲的貴族仕女完全不同。她像一串玲瓏雅致的鈴蘭花，即使垂著頭隨風搖擺，根部也牢牢緊抓著土壤，遺世獨立，品行高潔。

馬拉利溫和地道：「風太冷，小姐請快點進房裡去吧。」

馬拉利依照莫索里小姐的指示往北方樹林去，隔著一小段距離就聽見武器撞擊的聲響，他躲在樹木後方，透過樹叢之間的縫隙看見不少士兵正在練劍。

不久，一名右臂有傷的指揮官走近他們，「伊爾達特的行動失敗了，公爵閣下很不高興，必須更加努力訓練。」他拉出領口內的項鍊晃了晃，「只有前三十名能得到這條六階項鍊，剩下的人若在下一次考核時未通過就會再度降階，降階意味著什麼，我想不需要再次提醒各位。」

指揮官的聲調是純正的男中音，說話簡潔有力，馬拉利方才在柯法納索瓦公爵書房外聽過。他頓時起了生擒對方的主意。

月亮逐漸移動到沙異星上方，夜色更深，士兵紛紛進入營帳就寢。馬拉利戴上特製面罩，燃起薜曼花的粉末，甜膩的薜曼花香氣在空氣中緩慢擴散。一刻鐘後，馬拉利以卡托納小刀劃開指揮官的營帳，背著昏迷的指揮官進入樹林深處。

樹林濃密陰森，馬拉利利用方向指針定位，走了一大段獸徑才出樹林，樹林另一頭在賽提斯郊外。馬拉利吹了長哨，龐大的身影悄無聲息地出現在空中，降下高度停在眼前。馬拉利帶著指揮官坐上祖克鳥，回到探險隊公會總部。

伊爾文睜眼時，察覺身處在一間陌生的小房間，面前站著一位長相秀麗的男子。

「早安。我是探險隊公會總事務官烏迪，有幾個問題想請教。」

伊爾文隨即打量自己所在之處。這裡不是監牢，也沒有刑具，只是一間普通的房間，唯一的出口在男子身後。

恩爾菲斯特凝望對方，「我檢查過你的右臂，有箭傷與紅鷺獅的齒痕。哈德蘭都告訴我了，你是潛入埃德曼莊園的刺客之一吧？然後又跟著哈德蘭進伊爾達特，試圖取得藍玫瑰。」

伊爾文深深吐息，這一天果然來臨了。當在伊爾達特邊緣醒來，發現自己與整個小隊身上的傷口都經過緊急處理，現場卻沒看見哈德蘭與盧考夫，就知道他的小隊再度被那兩人拯救。

他雖然聽命柯法納索瓦公爵，但也不是冷血無情，不可能對哈德蘭與盧考夫屢次的救命之恩無動於衷。

在這次任務之前，搶奪藍玫瑰只是一項任務，哈德蘭是破壞任務的礙事者，但這一次和那兩名狩獵者朝夕相處，哈德蘭與盧考夫不再只是任務中的妨礙。那兩名狩獵者在士兵入睡時仍輪流守夜，伊爾文知道那兩人與柯法納索瓦公爵的交易是出於貴族單方面的施壓，若要在沙漠中擺脫這群士兵獨自行動是相當容易的事，但他們沒有。

哈德蘭與盧考夫甚至想在紅鷺獅獵殺潮時，讓伊爾文帶著求救用的信號煙火先走。伊爾文身負重任當然不可能這麼做，但比起與紅鷺獅硬碰硬，其實還有別的方法，只要犧牲一小部分的士兵，就能保全剩下的人。

他們的任務是確保哈德蘭拿到藍玫瑰，也做好貴族出身的哈德蘭會提出讓士兵作誘餌犧牲的心理準備，哈德蘭的提議卻完全出乎預料。那一刻他忽然意識到，若不論立場，倒是想和哈德蘭結交朋友。可惜若是知道他曾做過的事，哈德蘭也許一輩子不會原諒他。

昨晚珈銀莊園外的異響，樹林裡突然冒出的薛曼花香氣，他不是沒注意到不對勁，甚至是故意忽略。也許自己也在等待這一天，至少終於能還掉不得不欠下哈德蘭數次的救命之恩。

伊爾文奇異地感到一陣輕鬆，「先給我一杯水，然後我會把知道的都告訴你。」

賽提斯，探險隊公會總部。

「蠍獅墜飾還給玫琪絡小姐了？」羅賓斜斜靠在單人沙發椅背，整個人陷進柔軟的坐墊，慵懶地曬著從窗戶裡透進來的溫暖陽光，閒散地把玩從兄長切爾西那裡搶來的擺球。

「她派人來索取，我看那墜飾沒有異狀，沒有理由扣著不還。」恩爾菲斯特目不斜視地閱讀手上的狩獵者報告。

「我聽說那些老傢伙手裡也有很相似的玩意。」

「確實如此，盧考夫說貝索里尼脖頸上也戴著和那個死掉的聖堂駐手很像的螂獅項鍊，還說了不少祈願會的事，疑心摩羅斯科的幻象有古怪之處。」恩爾菲斯特隨手抽出一旁的古老卷軸，「你看看這個。」

羅賓打起精神接過那幅古老的卷軸，卷軸用木是特種紅杉木，堅硬結實又防潮防蟲，用紙為褐黃色，看不出是什麼材質，上面寫著大量無法辨認的文字符號，佐以幾幅簡圖。「這是什麼？」

「前陣子斯堪地大陸北方地動，羅斯克特村很多屋子倒塌，馬拉利帶騎士隊進行救援。他們開挖倒塌的房屋救出村民，幫助羅斯克特村重建，在挖掘地基的過程中意外挖到這個，經過文書官的鑑定，卷軸上記錄的文字很可能是古老的圖臘語，再加上陳舊的程度，認為至少有兩千年的歷史。」

羅賓試圖辨認卷軸上的圖，將卷軸轉了方向細看，「這其中一個圖看起來像酒杯，有點眼熟。」

「哈德蘭推測三神器的另外兩個是鳥人的笛子和漁人的豎琴，根據他的描述，若再加上斯堪地聯邦保管的黃金盞，恰好能和這個卷軸上的前三張圖對應。」

「第一張圖和第三張圖確實有點像笛子和豎琴，但也許是湊巧？」羅賓抱持懷疑，「你想著三神器，看什麼都像。」

「我查了不少典籍，羅斯克特村的位置在三千多年前，據稱是索菲亞大祭師的故居。」

「有點意思，但傳說中三神器不是摩羅斯科祭師製作的嗎？」羅賓不認為一幅來歷不明的卷軸能代表什麼。

「說到摩羅斯科，你看這第五和第六張圖像不像某種動物？」

「如果這裡是尾巴，這裡是頭，這張圖看起來有點像蠍獅。」羅賓聞言湊近研究，指著第六張圖，「這隻比較明顯，像隻狼。」他一頓，「啊，魔狼芬里爾。我開始相信你的推測，傳說中的主角全到齊了。」

恩爾菲斯特輕敲桌面，「不管怎麼說，我已經取得允許，這幅卷軸將暫時由探險隊公會進行保管，它的圖讓我有一些想法。」

「這第四張圖看起來像個法陣。」羅賓喃喃道。不同於出身平民的恩爾菲斯特，他能接觸到的書籍種類繁多，幼時更是在金貝里莊園的圖書室玩過捉迷藏，最喜歡躲藏的區域是父親收藏古老典籍的小隔間，「我回金貝里莊園找找，我似乎看過類似的圖案。」

恩爾菲斯特淡然地問：「你不需要支援公爵閣下發起臨時貴族例會？」

「切爾西有自己的盤算，若真需要支援才不會跟我客氣。」羅賓輕哼一聲，「先走了。」

羅賓回到金貝里莊園，貝索里尼總管迎上前去，「羅賓少爺。」

他停住前往圖書室的腳步，打量這位從少時就認識的管家，「貝索里尼，你脖子上的項鍊能不能借我看看？」

「抱歉少爺，這是亡妻留下來的遺物，不方便借給少爺。」貝索里尼和善地問候，「您要前往圖書室閱讀吧，需不需要準備茶點？」

「不用了。」羅賓擺手，「我要找點東西，別讓任何人進來。」

他鎖上圖書室的門，鑽進那隱密的小隔間。這裡收藏著米夏蘭斯基家族代代相傳的古老典籍，羅賓就著微弱的火光一排排望去，從中挑了數本一頁一頁翻閱。整夜過去，他下巴冒出細小的鬍渣，臉色青白雙眼泛起血絲，手中捧著一本厚重的古書，其中一頁記載著祭師使用的特殊法陣。那是專門用以鎮鎖最邪惡凶殘的生靈使用的法陣——鎖魔陣，與昨日在古老卷軸上看到的圖別無二致。

北之海域，藍白金礦山。

祭壇上清醒的白海象獅親暱地舔著皮拉歐，哈德蘭端詳眼前的藍白金礦巨石。白海象獅的尾巴打在巨石一角，底端裂開一塊約拳頭大小的礦石，與此同時洞窟上方落下大塊碎石，天搖地動。一股強大的水流將皮拉歐、哈德蘭與白海象獅推出藍白金礦山。

他們被水流推得老遠，守在一旁的三位漁人長老游上前關心，哈德蘭將那塊藍白金礦石遞給他們，艾塔納瓦高興地同時捲起四個小水渦，「你們成功了，我現在就去修復藍金豎琴。尚渦、史坦瓦修納，我也需要你們的幫忙。」

哈德蘭與皮拉歐跟著長老們來到舉辦漁人祭典的廣場，巨大藍金豎琴在廣場一角散發耀眼的藍白光，柱頭與柱身皆有不少裂痕，琴弦也有多處斷裂。修復藍金豎琴是一項巨大而艱困的工程，每一處都要四名鍛造師同時注入等量的高度精神力，將裂縫處以原材料進行填補。

此刻廣場聚集了北之海域頗負盛名的高級鍛造師，他們以理斯家族為首聽任調派。在高級鍛造師們日夜匪懈的努力之下，十天後藍金豎琴終於修復完成，長老們商議提前舉辦三年一度的漁人祭典慶祝。

此事皮拉歐功不可沒，經歷長時間的多方會審，各家族長老達成協議撤銷對皮拉歐的指控，司琴者仍由皮拉歐擔任，並在漁人祭典中進行演奏。

這段時日哈德蘭逐漸習慣在海底生活，皮拉歐休息時帶他逛遍北之海域的風景，那隻白海象獅也與他很是親暱。哈德蘭很喜歡白海象獅，牠聰明得不可思議，彷彿聽得懂人話似的，只要是哈德蘭想參觀的地方，牠都能領會哈德蘭的意思，帶著他前往。

藍金豎琴修復後兩日，哈德蘭以特殊嘉賓的身分於漁人祭典中觀禮，他的位置就安排在艾塔納瓦大長老附近。

這是哈德蘭第一次見到皮拉歐彈奏藍金豎琴的樣子。漁人穿著特殊服飾漂浮在水中，以流利的指法撥弄琴弦，水流形成圓滑的波動，化成形狀各異的水渦圍繞著豎琴遊走，柔和的琴音游過他的指尖，水流時而湍急時而舒緩，琴音像是化身藍喉北峰鳥快速飛越過海洋，在一處枝葉間暫歇啜飲露水。

皮拉歐雙眸半閉，徜徉在琴音之中，衣袍隨水流漂動，藍金豎琴的熾藍光芒映在身上，將他的面容襯得更加英挺，身姿挺拔健壯。他寬大有力的雙掌撥弄琴弦時卻萬分靈巧，在序曲之後他彈奏的速度加快，氣勢磅礡，周身的水渦再度變化成無數個小水渦，與琴音相互震盪應和，描繪出祭典盛大的開場。

漁人們被他的琴音帶領齊聲和唱，霎時間整個海域都在震動。震盪的水流之中，皮拉歐彈奏的速度愈來愈快，琴音層層堆疊，小水渦四處遊走互相碰撞，撞擊的水流聚合成新的小水渦，碰撞的聲響疊加上磅礡的琴音，宛若海嘯般帶著懾人的魄力，讓人心甘情願地臣服，滿心狂熱地仰望，毫無二心地跟隨。

那是他的漁人，他的皮拉歐。哈德蘭身處在音樂與海流的中心，既驕傲又歡喜。

下一曲皮拉歐琴聲一轉，變得莊嚴肅穆，三位漁人穿著不同的服飾出列，分散開來各自起舞。三人的舞姿各有不同，配合水流將服飾擺盪出優美的幅度。哈德蘭隱隱覺得漁人的舞姿有些熟悉，似曾相識但又透出陌生感。

「這是本心之舞，我們向海洋眾神獻上本心，進行祭祀。」艾塔納瓦向他傳遞微弱的聲息。

哈德蘭忽然想起皮拉歐曾跳過一次本心之舞，當時他剛獵捕一頭巨大的八叉鹿，應哈德蘭的要求在戰利品前起舞。哈德蘭忍不住將皮拉歐的身影疊上其中一人的舞姿，卻覺得毫不合適，皮拉歐跳起來更大器，更俐落也更靈巧。而且，只跳給他一人看。

彷彿感應到他的情緒，皮拉歐抬眼對上哈德蘭的視線，在三位漁人舞步暫歇的片刻，皮拉歐指尖一滑，快速而連綿不絕的琴音如煙花綻放，彷彿千萬株不同色彩的公主海葵同時張開，絢爛繽紛。

「獻給你的。」

皮拉歐的意念在腦裡綻開，哈德蘭吃驚地望著他，從那雙藍眸讀出一點俏皮與得意。哈德蘭微揚唇角，心頭彷彿被傾倒一盅麟花蜜，溫潤的甜蜜浸潤整顆心臟，心裡軟得一塌糊塗，**「你表現得真好。」**

「漁人祭典結束後，換我跳給你看。」

哈德蘭又笑，「**一定比他們都好**。」

皮拉歐咧開嘴，指腹壓著琴弦，以流利的滑音轉回主調。

北之海域水牢。

音律順著水流滑進皮拉修的耳裡，往外一撥，小巧的水渦便轉到眼前。他望向廣場的方向，從這裡看不見漁人祭典，但盛大的開場序曲藉著水流傳得極遠，遠到待在偏遠水牢裡都能聽見。

這就是皮拉歐的共鳴力，能將藍金豎琴的樂音推送到最遠的極限距離。也是他與皮拉歐之間的差距。皮拉修垂眼凝望自己的藍寶石匕首，感覺到與匕首之間的連結相當微弱。他在後悔嗎？

當父親森伏塔確認他的失敗，不再對他抱持成為司琴者的期望時說：「當不上司琴者也沒關係。」

那是誰也無法理解的心情。當時皮拉修游到藍白金礦山旁，被銳利的熾芒壓迫，他沒有退開，反而忍著被割裂的痛苦衝撞熾芒，白光完全包圍了他，等他醒來，發現自己在一座洞穴裡，岩壁處處刻著奇異的浮文。

他茫然無措，在洞穴裡繞了許久，卻沒有找到能出去的路。他在一處裂縫前停下來，依稀記得曾經經過好幾次那處，終於發現被這奇異的洞穴困住進退不得。他疲累至極地倒在洞穴裡，再次醒來時卻已經在藍白金礦山外。

這似乎只是一場荒謬的夢，因為過於渴望進入僅有司琴者才有資格進入的藍白金礦山，渴望到做白日夢。從那之後每當看到皮拉歐，心裡總有股積累已久的憤怒，彷彿某種既有的東西被皮拉歐奪去，時日一長皮拉修甚至想過，若是沒有皮拉歐，一切就會是他的。

後來藍金豎琴破損，皮拉歐受命上岸，那種司琴者獨有的特權激起他的競爭心態，悄悄跟在皮拉歐身後，卻在途中意外與某個人類相撞。對方穿著斗篷，低聲道歉便匆匆忙忙地離開，似乎急著趕路，在身後意外落下一條蠍獅項鍊。

皮拉修撿起蠍獅項鍊打算還給對方，途中路過一座聖堂，透過敞開的大門看見不少人類對著一座雕像祈禱，那是一個坐在蠍獅上的人類，神情帶著悲憫，與此同時，皮拉修手中蠍獅項鍊的綠寶石發出螢綠光芒。

接下來的記憶都籠罩著朦朧的迷霧，某個意念驅使他去向皮拉歐經過的村落居民搭話，他不該會說人類的語言，也不記得是怎麼溝通的，他給出不知何時出現在身上的藍寶石，告訴那些人類，只要追殺皮拉歐就能得到更多財富。甚至在基里部落交出藍寶石匕首，意圖傷害皮拉歐。

當艾塔納瓦長老質問皮拉修為何私自上岸，他沒有說真話。當質問為何讓人類使用他的藍寶石匕首傷害皮拉歐，他沒有說話。皮拉修說不出他的嫉妒，更說不出模糊的記憶，但不管有什麼理由，做了就是做了。他將被圈禁在水牢中五十年，終身不得參與漁人祭典。

北之海域，漁人祭典廣場。

熱鬧的祭典持續進行，海底卻突然衝出某股強勁的漩渦直逼皮拉歐。皮拉歐十指連動，錚錚琴音混著水流劃開漩渦，與此同時他們身旁竄出一道黑霧，直衝海面。

哈德蘭隨即追上去，他在水中游動的速度不如漁人，但皮拉歐用琴音捲起一道海流將哈德蘭向上推，他回頭望向皮拉歐，四目相對瞬間。哈德蘭微微點頭，順著水流划動四肢追趕那道身影，皮拉歐垂下眼，變換指法繼續彈奏。

哈德蘭追出水面，看見那道黑霧毫不停歇地衝向天空，捲起烏雲密布遮蔽太陽，天色暗沉陰鷙颳起旋風，強風將周圍的空氣席捲而入壯大成風暴，風暴中心呈現螢綠色，帶著數道閃雷與電光。天降異象，哈德蘭望著天空，風暴頂端的天空似乎出現一條裂縫。

海面倏然噴出一道水流攻擊那道黑霧，黑霧被水流沖開後又聚攏，更多水柱噴向黑霧，黑霧被打散，散布在天空中。哈德蘭回過頭，皮拉歐已經浮出水面，隨之而來的還有其他家族的長老們。

「就在剛剛，藍白金礦山崩塌了。」皮拉歐低聲說。

斯堪地聯邦冒險手記

CHAPTER TWENTY-NINE

第 29 章

The Tales of Skandia Federal

賽提斯，摩羅斯科大廳。

米夏蘭斯基公爵與柯法納索瓦公爵分坐長桌兩端，長桌兩側的貴族亦是壁壘分明。

「切爾西，能告訴大家這次臨時召開貴族例會的原因是什麼嗎？」柯法納索瓦公爵端起熱小葉丁茶喝了一口。

米夏蘭斯基公爵十指交扣，「我找到據稱能修復黃金盞的方法。」

柯法納索瓦公爵動作一頓，放下瑩白骨瓷杯，「洗耳恭聽。」

「在那之前，我想先和大家討論一件事。」米夏蘭斯基公爵微勾唇角，眼底毫無笑意，「最近斯堪地聯邦不太平靜，想必大家都知道發生在埃德曼莊園的那場暗殺吧？」

柯法納索瓦公爵輕咳一聲，「幸好提姆斯基與艾蕾卡毫無大礙。」

眾人的目光飄向提姆斯基，提姆斯基正把玩羅賓借給他的擺球，聞言抬眼，「謝謝爵爺關心。」

「埃德曼公爵夫婦很幸運。」

「米夏蘭斯基公爵，你不妨有話直說。」莫索里男爵的聲調沙啞低沉。

米夏蘭斯基公爵從鼻息間哼出很輕的一聲，視線飄向柯法納索瓦公爵，「我想說的是，想必大家都有興趣知道是誰派出刺客，想獨占藍玫瑰。」

柯法納索瓦公爵微微一笑，「啊，老頭子活了這一大把年紀，還沒見過這麼喪心病狂的事，我也很有興趣知道誰會這麼做。」

「我也有興趣知道。」薩爾男爵半撐著頰，若再年輕二十歲，這個動作做起來還勉強稱得上風流倜儻。

「切爾西，別賣關子，快說是誰！」哈爾登侯爵急切地半身傾向前，不小心打翻茶杯，他低聲咒罵一聲，用餐巾布隨意抹過灑出的小葉丁茶。

米夏蘭斯基公爵再次瞥向柯法納索瓦公爵，「尊貴的摩金大人，你說呢？」

雪禮詩伯爵以小茶匙輕敲骨瓷杯杯耳，吸引眾人的注意力，「切爾西，先不論暗殺事件是誰主使，藍玫瑰最後不是被哈德蘭浪費了？你不也同意讓聯邦對哈德蘭進行懲戒？」

「哈德蘭私自使用斯堪地聯邦財產，與有人派遣刺客搶奪一級貴重物品是兩回事，必須分開討論。」米夏蘭斯基公爵緊咬這個話題不放，「你們倒不如問問敬愛的摩金大人，那藍玫瑰究竟是誰要用？甚至急切得動用刺客搶奪，謀殺貴族世家子弟？」

恩爾菲斯特帶著盧考夫站在一旁，旁觀這場鬧劇。米夏蘭斯基公爵剛才是偷換概念，畢竟受到波及的哈德蘭已經拋棄貴族身分，勉強還稱得上「貴族世家子弟」。

諾埃克森公爵當下輕哼一聲，幫腔道：「柯法納索瓦爵爺，你這麼做可真不厚道，明明可以等到探險隊公會呈報聯邦歸檔入庫，卻私下培養刺客搶奪藍玫瑰。你是為了聯邦，還是為了自己？啊，還是──摩羅斯科？原來斯堪地聯邦已經變成摩羅斯科聖徒的大本營了呢。」

幾位貴族臉上瞬間閃過不自然的神色。柯法納索瓦公爵慢條斯理地擱下茶杯，「切爾西，你做了一項嚴重的指控。」

米夏蘭斯基公爵趁勝追擊，「諸位，我恰好遇到伊索斯聖堂頗負盛名的聖堂駐手，他告訴我一個很有意思的消息。」

哈爾登侯爵不耐地輕敲桌面，「切爾西，說話直接一點。」

「那名聖堂駐手告訴我，摩羅斯科並未向聖徒索要藍玫瑰，還告訴我，摩金大人提供大量黃金，訂購數份蠍獅墜飾請他保管，在必要時刻可以販售給其他貴族。我想諸位都知道近期黃金價格飆高，若是有人在市場背後操縱價格，讓各位手上的資產急速縮水，無法負擔正常開銷，或是有些病症久治不癒，恰好有人向你們介紹聖堂駐手，聲稱信仰摩羅斯科就能痊癒，實際上卻是高價販售蠍獅墜飾騙取信任與錢財，各位有什麼想法？」

米夏蘭斯基公爵設想的情況符合部分的現實，莫索里男爵、雪禮詩伯爵、玫琪絡子爵同時沉下臉色。

「摩金大人，你有何解釋？」米夏蘭斯基公爵問。

「我關心我的貴族盟友，希望他們都能得到摩羅斯科的庇護，這好像無傷大雅吧。」柯法納索瓦公爵氣定神閒，「切爾西，你若是沒有其他證據，我得打斷你的質疑，不如告訴我們如何修復黃金盞。」

米夏蘭斯基公爵沉下神色，「探險隊公會蒐集到刺客身上的信物。」

恩爾菲斯特隨即上前展示手中數條鮑獅項鍊，「我們的狩獵者數次遇到刺客襲擊，那些刺客身上都戴著這種項鍊。我們順著追查，發現那些戴著項鍊的刺客都來自柯法納索瓦公爵的珈銀莊園，同時也找到了埃德曼莊園暗殺事件的刺客，他供稱這全是柯法納索瓦公爵指使。」

「你們弄錯了。」柯法納索瓦公爵慢條斯理地道：「這其中一定有什麼誤會，切爾西的指控太傷我的心，考慮到羅賓會長與切爾西的兄弟關係，我理解探險隊公會的偏頗，但不能平白承擔沒犯下的罪行。事實上我對於摩金之位絕不留戀，只要能讓斯堪地聯邦更好，我願意付出任何代價，所以我提議進行『意向表決』，若是支持切爾西提前接任摩金的人數過半，我願意當場退位。」

米夏蘭斯基公爵沉下臉色。

「以退為進，高明。」恩爾菲斯特低聲道。

柯法納索瓦公爵成功將罪證確鑿的指控轉為政治角力的抹黑，甚至不需要特意澄清探險隊公會好不容易得來的人證物證，只要利用米夏蘭斯基兄弟的關係，就能輕易質疑探險隊公會的偏頗。指控需要證據但質疑不用，只要能引起人們心裡的猜疑，就能將情況轉為對自己有利的風向。

「切爾西，請你主持接下來的『意向表決』吧，相信你一定能秉持公正。」柯法納索瓦公爵轉向其他貴族，「諸位同意嗎？」

「切爾西，如果你堅持，那我們就進行『意向表決』吧。」莫索里男爵接口。

「我看不出反對的必要。」哈爾登侯爵單手支頰。

「同意。」

「同意。」

「同意。」

恩爾菲斯特靠近盧考夫，輕聲耳語：「情況有點不妙，一切都在柯法納索瓦公爵的掌控之中。」

盧考夫對於貴族之間的角力不太敏感，「若『意向表決』結果是讓柯法納索瓦公爵做完這個任期，再過幾個月，米夏蘭斯基公爵不還是會作為預定的下一任摩金接任？」

「不。若是切爾西輸了『意向表決』，當柯法納索瓦公爵退位，很可能會有貴族提議重新決選下一任摩金人選，到那時就不會再選已經輸過的切爾西。」恩爾菲斯特輕聲解釋，說話又快又輕，「更有可能的是，大家會傾向讓柯法納索瓦公爵繼續出任摩金。這關乎貴族判斷摩金所能掌控的勢力，也會產生投給切爾西只是浪費票數的疑慮。盧考夫，我們要打斷『意向表決』。」

恩爾菲斯特個人支持切爾西擔任摩金，不是因為切爾西是羅賓的兄長，也不是他與切爾西有比與柯法納索瓦公爵更深的交情，光是見識到柯法納索瓦公爵的人格與不擇手段，切爾西再怎麼以貴族為尊，也是一個比柯法納索瓦公爵更好的聯邦管理者。

「喀啦！」一聲清脆的碎裂聲響突兀地從大廳外頭傳來，貴族們紛紛遣人去看。

「怎麼回事？」米夏蘭斯基公爵沉下聲。

第一個進來回覆的是埃德曼公爵的總管伊修達爾，「閣下，摩羅斯科的神像破裂了。」

同一時刻，大廳內陳列的所有摩羅斯科的小型神像全部碎裂。

賽提斯，伊索斯聖堂。

優美的禮樂在聖堂迴盪，貝索里尼在摩羅斯科神像前雙手合掌，在心裡默唱熟爛於心的禱詞虔誠地祝禱。只要不是豐收季節，他通常有餘裕參與晨禱，並加入詩歌禮讚，禮樂宛如一汪清泉洗滌他的身心，他跟著溫暖的禮樂拋開煩心事沉澱心靈。

一絲碎裂的聲響打斷他的冥思。貝索里尼抬頭，眼前巨大的摩羅斯科神像產生裂痕，他驚愕地瞪著那道裂痕，裂痕持續擴大產生更多樹狀裂痕，接著神像的頭斷裂掉落在地，整座神像裂成碎屑。聖徒們驚慌失措，望向帶領晨禱的聖堂祭師，聖堂祭師亦是一臉蒼白。

不多時，其他聖堂的聖徒與祭師都聚集到伊索斯聖堂前方。所有摩羅斯科神像全都裂成碎屑，這是多麼不祥的徵兆。

「快看天空！」聖徒們鼓譟著。

天色陰沉籠罩著黑霧，高空中捲起螢綠色的風暴，風暴頂端頻頻閃電，狂風四起，天空裂出一條縫，那縫隙中透出黑暗詭譎的濃厚墨色，墨色之中似有什麼東西潛伏窺伺，此刻天空中的縫隙正逐漸擴大。

「那到底是什麼？」哈德蘭喃喃自語：「感覺不是好東西。」

「哈德蘭，我們得阻止它，不管那是什麼。」皮拉歐站在升起的水柱頂端彈奏藍金豎琴，更多水柱噴向空中，試圖堵住那道破口。

皮拉歐從海面延伸的水柱高度有限，雖然能噴到裂口處，但依然擋不住逐漸擴大的裂口。一隻純黑色的動物前肢踏出天空的縫隙，哈德蘭瞪著那隻前肢，朝空中大吼：「皮拉歐，絕對不能讓那個生物踏出裂縫！」

「那是當然。」水柱頂端的皮拉歐低聲道，他雙手不停地撥動琴弦，讓水柱頂端再生出新水柱攻擊那隻前肢，新生水柱柱身較細但沖勁更大，那動物前肢被逼回縫隙，方才四散的黑霧卻附著在縫隙邊緣侵蝕，使縫隙持續擴大，情況很不樂觀。

哈德蘭找到艾塔納瓦大長老，「你們能支援皮拉歐嗎？」

「我們能噴起一點水柱，但無法像皮拉歐噴那麼高。」艾塔納瓦大長老臉色凝重，「從海面噴出水柱比在水中製造漩渦要困難很多。若是皮拉修在這裡，也許能噴得更高一些，但沒有漁人能做到像皮拉歐一樣。」

「只要有都好！」哈德蘭急切地問：「皮拉修在哪裡？」

「在北之海域的水牢接受圈禁。」艾塔納瓦大長老嘆了口氣，「那孩子走錯了路，必須接受懲罰。」

哈德蘭正感失望，忽然有人叫道：「那是什麼鬼東西！」

他驚喜地抬頭，奧菲從高空中降落在前方海面，而在奧菲懷裡的是——

「總事務官！」哈德蘭大感驚訝，「你怎麼來了？還和奧菲一起？」

「賽提斯所有祭祀摩羅斯科聖堂裡的神像全都碎裂，天空出現這麼多異象，剛好奧菲要過來，我請他順道帶上我。」恩爾菲斯特臉色嚴肅，「怎麼回事？」

「我也不清楚，但那東西……」哈德蘭嚥了口唾液，「看起來有點像狼。」

恩爾菲斯特若有所思，奧菲接口解釋：「斯特龍博利火山口的岩漿噴發了，岩漿流出火山口，大爺爺叫我帶著紅金笛來找你和皮拉歐，一起商量目前的情況。」奧菲朝恩爾菲斯特瞥去一眼，「我去探險隊公會總部，本來想看看你在不在，路上遇到恩爾，就帶他飛過來。」

哈德蘭總覺得這番話前半段還很合理，後半段聽起來莫名其妙，但沒心思深究，「藍白金礦山剛剛也崩塌了，這很不對勁。」

恩爾菲斯特輕拍奧菲健壯的手臂，「放我下來，你也去幫忙吧。」

奧菲將恩爾菲斯特放在不遠處的岸上，飛到皮拉歐身側。他一吹奏紅金笛，哈德蘭便感覺到強勁的暖風拂過臉頰，暖風氣旋上升，帶著皮拉歐升起的水柱衝向天空縫隙，徹底堵住那道裂口。

皮拉歐分神看他一眼，「這麼慢，忙著談戀愛？」

「我又不是你。」奧菲反唇相譏，「在沙漠裡也能發情。」

皮拉歐一撥琴弦，站立的水柱噴得更高，高過奧菲的肩膀，「比賽看看誰先把那個東西打回去。」新一道水柱跟著噴進縫隙，將那黑色前肢往內逼。

「一定是我。」奧菲一扇翅膀，飛過皮拉歐半個身長，他俯首吹奏紅金笛，一股暖風帶起更多氣流，衝擊裂縫下方的螢綠色風暴，風暴與暖風氣旋互相碰撞，形成僵持狀態。

「加油啊。」哈德蘭暗自心急。

奧菲加快吹奏樂曲的節奏，暖風氣旋愈發強勁，逐步壓過冷冽的螢綠色風暴，氣旋上方形成厚重的雲層，很快凝結成雨滴降下大雨。冷冽的螢綠色風暴同時壓向海面，大雨經過風暴後迅速結凍，堅硬的細小冰錐紛紛落下。

「快潛進海裡！」艾塔納瓦大長老率先喝道。哈德蘭與其他漁人立即往北之海域的深處下潛，細小冰錐落在他們身後。

海面之上，天空之中，強勁的水柱與暖風氣旋分頭攻擊天空裂縫與螢綠色風暴，裂縫逐漸縮小，皮拉歐與奧菲同時加快樂曲的節奏，將那道暗黑裂縫逼得縮小至新月形。但在這之後，不管怎麼奏出樂曲，那道暗黑仍不再縮小，宛如一隻來自深淵尚未睜開的眼睛。

「你不會是不行吧？」皮拉歐哼道。

「你才要檢討自己行不行。」奧菲迅速回嘴。

兩方情勢陷入僵持，四散空中的黑霧忽地再度湧現，黑霧之中飛來一大群黑色巨鷹，開始攻擊奧菲。

「嘿！」奧菲不得不轉移注意力，吹奏不同樂曲鎮住陷入瘋狂的黑鷹。暖風氣旋立時被螢綠色風暴逼退，螢綠色風暴開始抬升，風暴頂端直抵裂縫，裂縫重新擴大。

「奧菲，你在幹嘛！」皮拉歐噴起更多水柱，他站立的水柱下方逐漸被一團黑霧滲透，一隻黑鷺鯨游出黑霧，用巨大的魚尾嵌進水柱之中。水柱被從中攔截，皮拉歐頓時從空中摔落，他撥動琴弦，一道新水柱從海面噴發接住皮拉歐。

這瞬間所有黑霧瘋狂湧進天空裂縫，扯出更大的裂口，一隻渾身泛著黑氣的巨大黑狼踏出縫隙，一口將那黑霧吞吃入腹。

牠的身形暴漲成約兩層樓高，踏上斯堪地大陸仰頭發出尖銳的狼嚎，那嚎叫淒厲刺耳，斯堪地大陸傳來不同動物的鳴叫，似是互相應和。黑狼的雙眼血紅懾人，張嘴時露出兩排陰森慘白的利齒，跑向最近的聖堂一口吞下眾多聖徒。

與此同時，山林間傳來野獸的嘶吼，吼叫聲距離平地愈來愈近。哈德蘭嚥下唾液，有一股不祥的預感。斯堪地大陸即將陷入人間煉獄。

斯堪地大陸上的災情比任何人想像中都要慘烈。野生動物從山林間群起而出，襲擊附近居民，無數人死傷慘重，鮮血染紅賽提斯城外的哈蘭河，家養的牲畜也受到黑狼嚎叫影響，反覆衝撞藩籬攻擊靠近的農人。

許多平房破損不能住人，平民開始往附近的聖堂聚集。所有摩羅斯科聖堂內都散落著神像的碎屑，聖徒們協助祭師清理聖堂，以利收容更多的聖徒與百姓。

貴族軍隊駐紮在領地外圍抵抗巨大的變異猛獸，那些猛獸是一般野獸約兩倍身形，張口就直接咬斷士兵半身，士兵們屍橫遍野，猛獸很快突破軍隊的防線侵入領地，作物被猛獸踐踏毀壞，佃農們紛紛成為猛獸的食物。

除此之外，從天而降的黑狼異常凶猛，凡靠近試圖捕捉的士兵都被吞吃入腹。哈德蘭與恩爾菲斯特翻找古老典籍，認為那突然出現的黑狼很可能就是傳說中的魔狼芬里爾。

三千多年前，魔狼芬里爾肆虐斯堪地大陸，人民飽受苦難居無定所，最終全淪為芬里爾的食物。三千多年後，魔狼芬里爾再度降臨斯堪地大陸。斯堪地大陸一片狼藉，所有人都損失慘重無一倖免。

當柯法納索瓦公爵的一隊精銳士兵再次全軍覆沒，他在自己尚且完好的莊園召開貴族例會，提議貴族們集結士兵，組成聯邦軍隊共同對抗魔狼。同樣折損不少士兵的米夏蘭斯基公爵第一個響應，立場不同的兩方貴族暫時盡釋前嫌開始合作，規劃聯邦軍隊的布防。

探險隊公會的狩獵者傾巢而出，帶上藥劑官稀釋調製的黑蟄蠍血液，加入各地聯邦軍隊，協助士兵對付闖入平地的巨獸或野獸。那一小瓶黑色液體所需用量不多，卻發揮極大的功效，當狩獵者將黑蟄蠍血噴灑在士兵身上，那些巨獸便彷彿忌憚著什麼般後退，聯邦軍隊藉此驅趕巨獸，將牠們聚集到聯邦邊界。

斯堪地聯邦境內，狩獵者協助士兵擊殺暴起的野獸。但魔狼芬里爾神出鬼沒，所到之處村莊盡毀無人生還，每吞噬一個村莊，身上的黑氣便更加濃郁，凶猛的狼嚎遠遠傳開，激起更多動物應和，狩獵者與聯邦軍隊剛殺完一批又冒出另外一批。

與此同時，恩爾菲斯特讓羅賓向其他貴族要求尋找家族中的古老典籍，查詢修復黃金盞與啟動防護罩的方法。有些貴族家族歷史淵遠流長，總有從祖先輩流傳下來的典籍，米夏蘭斯基家族是其一，杜特霍可家族也是其一。

哈德蘭在總管伊修達爾的幫助下，找到第一代祖先哈德蘭．杜特霍可動爵留下來的手稿。斯堪地聯邦經驗最豐富的老文書官，將杜特霍可家的傳家之寶與羅斯克特村挖掘出來的古老卷軸互相比對，證實兩者同是使用古老的圖臘語，極有可能是同時代的東西。老文書官試圖解讀手稿上的圖示，「照杜特霍可動爵的手稿來看，必須先將礦石溶化，裹在黃金盞外圍，再將黃金盞放在大火中鍛燒，就能讓黃金盞恢復光亮。」

米夏蘭斯基公爵請來卡托納工坊最頂尖的鍛造師，恩爾菲斯特拿出哈德蘭在伊爾達特挖到的黃白金礦石，礦石散發出金黃接近熾白的色澤。鍛造師將礦石與黃金盞擺在一起看了許久，「是同一種材質。」

「要試試嗎？」恩爾菲斯特問。

「試吧，這塊礦石看起來比黃金更像樣。」米夏蘭斯基公爵望向柯法納索瓦公爵，「你說呢？」

「試吧，我們也沒有其他選擇了。」短短幾日柯法納索瓦公爵已變得相當蒼老，他嘆了口氣。

鍛造師照著手稿上的圖示與老文書官的講解，先將黃白金礦熔融成礦液，以器具將礦液均勻倒在黃金盞的表面，放進卡托納工坊最堅固耐熱的鍛造爐，以鍛造黃金製品的方式鍛燒。

所有人等了又等，就怕一旦失敗，連最後的希望都將失去。在令人心焦的十五日後，鍛造師從鍛造爐裡取出黃金盞，黃金盞煥然一新，原先黯淡的杯壁彷彿被拭去覆蓋多年的厚重塵埃，散發出月華般溫潤瑩白的光芒，金黃色的杯身在不同光線的角度下折射出燦金流光，耀眼懾人。

老文書官利用這段時日，持續解譯古老卷軸與杜特霍可勳爵手稿上的圖臘語，拼湊出發動黃金盞防護罩的禱詞。那禱詞比手稿及卷軸使用的圖臘語更不像文字，類似特殊符號，無人知道如何發音。哈德蘭與恩爾菲斯特討論之後，商請漁人長老們與鳥人的大爺爺，一同聚集到北之海域沿岸，奧菲與皮拉歐各自帶著紅金笛與藍金豎琴前來。

艾塔納瓦端詳那句禱詞，「這前半句有點像伊薩克振刻在理斯家族殿堂的符號。我們不知道那些符號代表什麼意思，但他確實有流傳一句名言，以人類的語言來說就是『保持緘默，堅定本心，必將無堅不摧』。」

「以漁人的語言要怎麼說？」哈德蘭插嘴。

「皮及巫尼利，發圖發，司徒哈，及塌品紐，鋪發溜，歐虛剛得。」皮拉歐搶先一步回答。他一說完，黃金盞頓時散發出耀眼的金光，照亮大半個北之海域，但很快就消逝了。

眾人精神一振，哈德蘭期待地看向大爺爺，「剩下後半句了。」

大爺爺搖搖頭，「很可惜，我們沒有流傳下來什麼名言。」

眾人苦苦思索，皮拉歐無聊地撐頰望著哈德蘭，隨口問：「哈德蘭，你們怎麼找到方法修復黃金盞的？」

哈德蘭漫不經心地答：「在我祖先的手稿——」他忽地一頓，「我突然想起來，哈德蘭祖先也有留下一句家訓——唯有愛使人勇敢無懼，所向披靡。」

哈德蘭說完後，反射性看向黃金盞，見黃金盞沒有任何反應，他自嘲地笑道：「果然不會那麼湊巧。」

「不。」老文書官道：「三千年前斯堪地大陸普遍使用的是圖臘語，也是我們推測杜特霍可勳爵手稿所使用的文字，發音跟現在博拉部族的方言很像。若是以圖臘語念，可能是『反拉可巫斯他可，米亞赫斯特高，拉可恩，皮耶他馬他歐特蠻』。」

黃金盞倏地發出金光，張開小型防護罩，接著和先前同樣一閃即逝。

「如果把兩句話合在一起……」哈德蘭頓時滿懷希望。

「皮及巫尼利，發圖發，司徒哈，及塌品紐，鋪發溜，歐虛剛得。」皮拉歐接口。

「反拉可巫斯他可，米亞赫斯特高，拉可恩，皮耶他馬他歐特蠻。」哈德蘭補上後半句。

霎時間，黃金盞發射出無數條金色絲線的光芒，飛越斯堪地大陸落在人類聚落的邊界，形成半圓形的金黃色防護罩。

「斯堪地大陸有救了。」哈德蘭喃喃道。

找到展開黃金盞防護罩的方法後，貴族們在斯堪地大陸正中央的獵魔山丘搭起祭壇，將黃金盞放在祭壇正中央，柯法納索瓦公爵以摩金身分喃念特定的禱詞。

黃金盞張開的防護罩有時間限制，柯法納索瓦公爵一日要念六次，每次持續三十分鐘，才能持續張開黃金盞。這對他的年紀而言太過勞累，但他說這是身為摩金的職責堅持如此，他保管黃金盞，享用黃金盞帶來的好處，也得負起相對應的責任。

張開黃金盞防護罩後，那些變異的猛獸便被隔絕在斯堪地聯邦境外，聯邦軍隊少了一項任務，足以專心對付在斯堪地大陸中肆虐的魔狼。

為了捕捉魔狼芬里爾，恩爾菲斯特再度召集三神器的持有者商討對策，也邀請有能力組織聯邦軍隊的貴族，其中包含總指揮官米夏蘭斯基公爵、諾埃克森公爵、埃德曼公爵、英格蘭侯爵、哈爾登侯爵與雪禮詩伯爵。

與會地點定在獵魔山丘，就在黃金盞旁。皮拉歐單手抱著藍金豎琴，站在哈德蘭身側，奧菲雙手環胸扇動羽翅，飛離地面約幾個拳頭高的距離，柯法納索瓦公爵坐在黃金盞旁，面色蒼白有些體力不支。

老文書官公開新的發現，「根據羅斯克特村發現的卷軸與杜特霍可勳爵的手稿，它們顯示必須利用黃金盞捕捉魔狼芬里爾，同時藍金豎琴與紅金笛的持有者能協助將芬里爾送回無盡深淵，具體要怎麼做需要更多時間研究。」他走近皮拉歐與奧菲，「能不能向兩位閣下借看藍金豎琴與紅金笛？」

皮拉歐剛想拒絕，哈德蘭在他開口之前就握住皮拉歐的手，輕聲道：「別擔心，我看著呢。」

皮拉歐對上哈德蘭溫和的黑瞳，不情願地將手中的藍金豎琴遞出去。老文書官誠惶誠恐地雙手接過，沒料到皮拉歐單手抱著藍金豎琴看似輕鬆，豎琴本身卻相當沉重，老文書官一時握不住，豎琴頓時穿過他的雙手落下。

在落地的前一刻，皮拉歐伸手撈住藍金豎琴，一手順勢扶起老文書官。老文書官拿出手帕擦了擦汗，不敢再商借神器，便請皮拉歐捧著藍金豎琴讓他觀察。皮拉歐應要求彈奏一曲，附近的水窪掀起陣陣漣漪，變換音律還能讓水窪接連噴出水柱，「若是在海裡，我能調控海流的方向，也能鎮定海中生物。」

老文書官在筆記本上振筆疾書，頻頻點頭，「感謝閣下的協助。」

他殷勤地看向奧菲，奧菲雖也是滿臉不情願，態度還算合作，直接了當地遞出紅金笛。老文書官不敢接過去，只讓奧菲如皮拉歐般吹奏一曲。奧菲藉機用一曲樂音變換不同的音律，高亢的笛音引來數隻藍喉北蜂鳥繞著他打轉，低沉的笛音吸引地面的甲殼生物向他聚集，而虛空之音能呼叫祖克鳥。

「最後這個你肯定喜歡。」悠揚的笛音帶來一陣暖風，將老文書官吹離地面，浮在半空中。老文書官嚇得臉色發白，額側頻頻冒出冷汗，「放、放、放我下來。」

「請放他下來。」恩爾菲斯特溫和地道。

奧菲眼簾半闔，曲調霎時變得溫柔婉轉，暖風慢慢減弱，將老文書官輕柔地放在地上。皮拉歐撇了撇嘴，哈德蘭先一步制止他開口嘲諷，將老文書官扶起身。

「太神奇了！」老文書官還沒站穩就開始書寫，「笛音的高低竟然會有這種差別，這是很有用的資訊！」

而在另一邊，恩爾菲斯特集合其他人繼續商討對策，「要捕捉魔狼芬里爾，得先找到牠在哪裡。」

「這個村落被攻擊的時候，聯邦軍隊第十三分隊就在兩哩外巡邏。當趕到時，魔狼芬里爾卻憑空消失了，甚至沒有在現場找到任何足跡，以牠的體型而言是不可能的事。」米夏蘭斯基公爵在眾人面前鋪展斯堪地大陸的地圖，所有被魔狼芬里爾肆虐過的聚落都打了個╳。自從柯法納索瓦公爵全力使用黃金盞張開防護罩，他就接管斯堪地聯邦的大小事務，包含聯邦軍隊的總指揮權，「牠一定能改變體型，否則不可能完全瞞過聯邦軍隊的耳目。」

「我們對牠不了解，不能排除確實有變形的可能，這會讓捕捉更加困難。」恩爾菲斯特留意到哈德蘭的沉思，便問：「哈德蘭，你有什麼想法？」

「這些村落有些共通點，通常是不到百人的小村落，旁邊有樹林圍繞。」哈德蘭的指尖點在其中一個覆滅的村落，「村民若要向外求援必須穿過大片樹林，而樹林是野獸很好藏匿的地點。這些小型村落與世隔絕，若發生意外，聯邦軍隊很難馬上收到警示。」

「就算旁邊有樹林，以魔狼芬里爾的體型也很難完全藏匿在樹林之中。」米夏蘭斯基公爵依舊堅持魔狼芬里爾能變形的觀點。

「我同意。」哈德蘭頷首，「公爵閣下，你提到軍隊沒有在村落之外找到魔狼的足跡，是否連村落到樹林這一段路都沒有？」

米夏蘭斯基公爵乾脆地承認，「確實如此，這也是匪夷所思之處。」

哈德蘭若有所思，片刻後說：「我們能推測魔狼芬里爾的目標村落，只要預測魔狼的動向就能事先埋伏。」

米夏蘭斯基公爵吐出一口濁氣，「杜特霍可，請記住現在浪費的每一秒，都有人民或士兵死去，希望當聯邦軍隊鎖定地點時，探險隊公會已經找到方法將牠送回去。」

「當然，探險隊公會責無旁貸。」恩爾菲斯特接下話，「我們會徹夜研究。」

米夏蘭斯基公爵很快隨同其他貴族離開獵魔山丘，回去聯邦軍隊的大本營，商討軍隊的調動。恩爾菲斯特帶著哈德蘭、皮拉歐與奧菲遠離柯法納索瓦公爵的聽力範圍，這才問：「哈德蘭，你有什麼話可以現在說。」

「總事務官，你對魔狼芬里爾能改變體型的觀點有什麼想法？」哈德蘭反問。

「我認為切爾西的推測合乎情理。」

哈德蘭搖頭，「假設魔狼芬里爾能變小藏匿在樹林中，也不可能完全抹滅足跡。」

「那你認為牠是如何躲過聯邦軍隊的耳目？」

「問題在於牠為什麼需要閃躲聯邦軍隊。牠完全可以現出原形，一路吞吃平民與士兵，斯堪地聯邦束手無策，但牠沒有這麼做，只攻擊那些遺世獨立的小村落然後藏匿蹤跡。為什麼？」

「因為牠不行。」

「因為牠害怕。」

皮拉歐與奧菲異口同聲，又同時轉過頭冷哼。

雖然此刻討論的話題很嚴肅，哈德蘭仍忍不住笑出來。恩爾菲斯特也勾起唇角，「只有動物才能理解彼此。」

哈德蘭接口：「我的看法是牠暫時無法恢復原型，傳說中的魔狼張開嘴就能頂住天地，但記得牠剛出現在天空時並沒有傳說中那麼大隻，不只閃躲聯邦軍隊，也避免襲擊大型村落。如果文書官沒有弄錯，我們能利用三神器將牠趕回無盡深淵，牠很可能是忌憚引來神器的持有者。我建議先把偏遠村落的居民聚集到首都，讓聯邦軍隊偽裝成一般村民，也許能誘捕魔狼芬里爾。」

「我會和切爾西保持聯絡，讓聯邦軍隊確認魔狼襲擊的村落類型。」恩爾菲斯特微微點頭，隱晦地往不遠處的柯法納索瓦公爵瞥去一眼，低聲道：「哈德蘭，很抱歉讓你受到不公平的對待，還有皮拉歐，我也很抱歉盧考夫讓你受到傷害，我代替探險隊公會向你們道歉。」

恩爾菲斯特深深鞠躬，這突然的舉動把哈德蘭與皮拉歐嚇了一跳，兩人手忙腳亂地把恩爾菲斯特扶起來，「總事務官，這不是你的錯，也不是探險隊公會的問題。」

恩爾菲斯特慢慢起身，深深嘆息，「我們已經找到暗殺皮拉歐的刺客，他招認柯法納索瓦公爵就是背後主謀，盧考夫也坦承他的罪行。我不會要求原諒曾經傷害你們的人，但現在斯堪地聯邦有難，希望能暫時放下這些仇恨，一起挺過難關。若是我們都還活著，我以總事務官的名譽保證，探險隊公會一定會還給你們該有的公道。」

哈德蘭沉聲道：「總事務官，發生在我身上的事我不會計較，畢竟狩獵者的責任就是守護斯堪地聯邦，只要知道沒有愧對自己，沒有愧對杜特霍可家族，沒有愧對斯堪地聯邦，這就夠了。但皮拉歐並非探險隊公會成員，也不屬於斯堪地聯邦，若皮拉歐在意，我不會強迫他放下。」

皮拉歐接著開口：「關於盧考夫，我已經不計較了，畢竟他救了哈德蘭一命。若是拿我的命去換哈德蘭的，我也願意。」

哈德蘭反手握住皮拉歐，輕聲說：「我不會讓你死，我已經選過了。」

那話說得太輕以致皮拉歐沒聽清，但他也不在意，跟著恩爾菲斯特的視線看向柯法納索瓦公爵，「至於那個人，若是我們都還有命，我會自己跟他算帳。」

恩爾菲斯特輕笑，「這句話我就當作沒聽到吧。」

斯堪地聯邦冒險手記

CHAPTER THIRTY

第
30
章

The Tales of Skandia Federal

接下來的日子，哈德蘭跟著老文書官研究羅斯克特村發現的古老卷軸，尤其是能捕捉魔狼的鎖魔陣。

奧菲與皮拉歐也一同參與，兩人依老文書官的要求以不同方式彈奏藍金豎琴與紅金笛，當兩種神器同時彈奏到某一個音時，黃金盞的防護罩倏地急速縮小，小到只將奧菲、皮拉歐與柯法納索瓦三人連同黃金盞包進去。

眾人大驚失色，奧菲快速吹奏紅金笛，笛音捲起氣流撞擊防護罩，但防護罩異常堅固無堅不摧。兩人重彈方才的單音，柯法納索瓦公爵念起禱詞，但全都毫不管用。

「皮拉歐、奧菲，你們同時彈奏，但試試不同的音調。」哈德蘭在外頭大喊。

那提醒來得及時，兩人宛如當頭棒喝，皮拉歐與奧菲一個音一個音試，終於在試了十幾個音後找到正確的音高消除防護罩。柯法納索瓦公爵再次念起禱詞，重新撐起覆蓋斯堪地聯邦的金黃色半月形防護罩。

柯法納索瓦公爵臉色蒼白，喃喃道：「希望斯堪地聯邦沒有受到太大的影響。」

這話讓老文書官、皮拉歐與奧菲深感愧疚，三人默不作聲。恩爾菲斯特柔聲安慰：「我們本來就是要找出如何使用黃金盞的防護罩，剛剛得到很大的進展，聯邦軍隊也不會那麼脆弱。」

老文書官受到教訓，不敢再讓皮拉歐與奧菲隨意嘗試彈奏神器，抱著筆記縮到一旁研究鎖魔陣。哈德蘭跟過去，分享在紅白金礦山、黃白金礦山與藍白金礦山看見的符文，那些符文恰似鎖魔陣的部分樣式，老文書官如獲至寶，興奮地要他照記憶畫出來。

哈德蘭畫下一部分，同時描述當時的礦石地形與紋路，當他們談話告一段落，蒼老疲憊的聲音在哈德蘭身後響起，「杜特霍可閣下。」

哈德蘭緩緩回過身，柯法納索瓦公爵注視著他，「有時間的話，我們談談吧。」

「隨時都行，爵爺。」哈德蘭客套地道：「斯堪地聯邦感謝你的幫助。」

兩人走到一旁，從獵魔山丘往下眺望，能看到首都賽提斯的全貌，包含探險隊公會總部上飄揚的老鷹旗幟、數座高聳的聖堂，或是幾位貴族的莊園。

柯法納索瓦公爵輕聲說：「我和你祖父很早就認識，那時我們都很年輕還沒繼承爵位，只覺得自己應該擁有更驚險刺激的未來。有一次結伴去爬厄斯里山，結果途中遇到落單的黑熊，牠雖然還很年幼，但站起來也比我們倆都高大。」

哈德蘭驚異地看著眼前年邁的老人，「我曾經聽祖父說過，他年輕時很勇猛，在斯堪地大陸到處冒險，還殺過一隻黑熊，如果去當狩獵者，一定是最傑出的一個。」

「老傢伙騙騙子孫還行，他當時被黑熊嚇得連刀都舉不起來，還是我救了他。說起來你可能很難相信，我當時可是徒手和黑熊搏鬥，還殺了那隻黑熊，剝了牠的皮回家，卻被父親狠狠重罰一頓。」

哈德蘭輕笑，「我祖父若還活著，可能不會同意這番話。」

「他可能沒跟你說過，但你父親成為獨當一面的狩獵者那天，他高興得拎著好幾瓶雪透酒來找我，我陪他喝了一整夜。」柯法納索瓦公爵陷入回憶，「杜特霍可家的男孩身體裡都留著冒險犯難的血液，他是這樣，亨利克是這樣，你也是。」

柯法納索瓦公爵停了數秒，輕嘆，「你或許很難想像，當你發現身體日漸衰落，連以前能舉起的刀都拿不起來，那是什麼心情。就像看著盛開的鮮花一日一日枯敗，費盡千辛萬苦仍無法讓它重新回復活力，你擁有過卻再也做不到，那種苦痛與難堪就像一根針刺著太陽穴，尖銳得讓人無法忍受。」

哈德蘭注視現任摩金，「這不是你可以傷人的理由。」

「沒錯，我也同意。」柯納納索瓦公爵平實地說：「我並非要為自己找藉口，不過傷害你確實不是我的本意，我曾說和你祖父有交情，這是真的。無論如何，不管你是否諒解，我還是想告訴你我這麼做的原因。事到如今斯堪地大陸面臨存亡之際，我曾經的謀算都變得無關緊要，你或許懷疑我對斯堪地聯邦的用心，但我是真心希望保全斯堪地大陸，讓柯法納索瓦家族世代流傳。」

哈德蘭打量對方，從他的角度看去，能清楚看見老人額上每一條皺摺紋路與深度，柯法納索瓦公爵避開他的視線，「你應該也能看出來，我的時間不多了，關於今天的意外，我有幾個想法，想聽聽你的意見。」

數天後，米夏蘭斯基公爵派藍喉北峰鳥送來最新戰況。在邊防巡邏的聯邦軍隊即時察覺到防護罩消失，加緊增派人手駐防，外頭的巨獸懼於黑蟄蠍血液也未靠近，總體而言並未有太大的影響。

戰報裡同時肯定哈德蘭的推測，魔狼芬里爾鎖定的村落一如哈德蘭所想，都是偏遠的山地村落，聯邦軍隊雖然無法一一布防，但探險隊公會的黃眼鴞提供巨大幫助，能讓聯邦軍隊派人實時監看偏遠村落的動靜。

米夏蘭斯基公爵推測下一個可能受到魔狼襲擊的是紋銀部落，靠近玫琪絡子爵的領地。聯邦軍隊第三分隊取得玫琪絡子爵的同意，提前疏散居民，進駐紋銀部落，打算利用黑蟄蠍的血液驅逐魔狼。

聯邦軍隊在紋銀部落潛伏，玫琪絡小姐趁夜提供餐點慰勞，士兵精神大振，對於這近乎送死的任務也熱血沸騰。一週後，受到魔狼襲擊的卻是斯堪地大陸另一頭的禾昕部落，它靠近莫索里男爵的領地，與紋銀部落同樣偏遠，部落居民毫無防備被魔狼芬里爾吞吃入腹。

米夏蘭斯基公爵預測魔狼的出沒地點相似但不準確，同樣的事件一再發生，米夏蘭斯基公爵立即向其他貴族示警，讓他們各自帶領聯邦軍隊，看守附近與魔狼芬里爾的目標類型接近的領地。

他向獵魔山丘送出一封信，當晚哈德蘭與恩爾菲斯特坐祖克鳥前往聯邦軍隊總部，與米夏蘭斯基公爵密會到深夜。同一天，皮拉歐與奧菲各自回到故鄉。那天起，聯邦軍隊調派更多人前往邊界布防，黑蟄蠍血液用罄，探險隊公會藥劑官改針對不同猛獸的弱點調配藥劑，讓狩獵者撒在聯邦邊界周圍。

又過幾日，米夏蘭斯基公爵找來防衛魔狼最成功的聯邦軍隊第二分隊。領兵的是與他政治立場相左的雪禮詩伯爵，但米夏蘭斯基公爵相當肯定他帶軍的能力，「魔狼將出現在櫻紅部落，所有人一旦發現魔狼芬里爾的蹤跡，就將牠引向部落中間空地，那裡有一個巨大法陣，剩下的交給探險隊公會。」

「探險隊公會真的找到方法了？」雪禮詩伯爵懷疑地看向哈德蘭，「我們不會被魔狼一口吞掉吧？」

「爵爺，你的軍隊很熟悉魔狼的狩獵風格，必然能如往常一般全身而退。」哈德蘭平實地說。

「那是碰巧。」雪禮詩伯爵搓著自己的八字鬍，疲憊地嘆了口氣，「我會傳令讓士兵將魔狼引到部落中間的空地。不管是什麼方法，這方法最好管用。」

他們目送雪禮詩伯爵離去，哈德蘭低聲問：「爵爺，確定是他嗎？」

「他或他隊裡的人，一定有魔狼的同伙。」米夏蘭斯基公爵應聲：「我告訴每個貴族不同的資訊，其他軍隊多少都能發現魔狼的蹤跡，但魔狼完全閃避他的軍隊埋伏的村落，就像有人提前洩漏消息。」

「那我們就試試吧。」哈德蘭故作輕鬆，「若真的搞錯了，相信爵爺也能讓他的軍隊全身而退。」

米夏蘭斯基公爵沒有笑，他抬頭仰望，透過金黃色的防護罩看向天空中的暗黑裂縫，那裂縫宛如天空睜開的眼睛，另一頭是無盡深淵悠悠凝望。

第二天夜裡，偏遠的基里部落來了一位意料之外的訪客。來人穿著黑色的連身兜帽斗篷，纖細的身影在冷風中更顯得單薄，那人蒙著下半張臉，急著想見駐紮在基里部落的聯邦軍隊，聲稱基里部落將會受到魔狼的攻擊。

士兵將他帶到部落長老住的房子，裡頭坐著一位獨臂的指揮官。指揮官略感意外，但仍請來人坐下商討，「請問閣下是從何處得到魔狼會攻擊基里部落的消息？」

那人不答反問：「長官，能不能請你將駐紮在基里部落的士兵集合起來，一同防衛這個村落？」

獨臂指揮官皺起眉，「我們並未接到總指揮官的指令，不能擅自行動。閣下是誰？」

那人遲疑半晌，輕巧地將兜帽掀開，露出一張精緻而慘白的臉蛋，她咬著下唇，「家父是雪禮詩伯爵。」

「妳是雪禮詩小姐？」獨臂指揮官懷疑地望著少女，「我不相信，貴族仕女單獨跑來這裡做什麼？」

「是真的，我知道家父將駐紮在櫻紅部落，但魔狼不會去那裡，牠會來這裡。」雪禮詩小姐脫下斗篷，夜晚天氣寒冷，她竟穿的不多，露出大半手臂與雙腿，白皙修長的四肢在夜裡分外引人注意。

獨臂指揮官禮貌地移開視線，「假設妳真的是雪禮詩小姐，又怎麼知道魔狼會來這裡？就算是真的，這裡的士兵也不多，妳看，他們連我這只有一隻手臂的老傢伙都能派來當指揮官呢。」他自嘲道。

「我知道牠會來這裡。」雪禮詩小姐宛如自言自語般，她的聲調忽然間變得尖利，手腕上的蠍獅手鍊發出綠光，「因為這裡布防最弱。」

少女的身形倏地暴漲，化成巨大的黑狼，獨臂指揮官早已身手矯健地躍開，逃出即將倒塌的茅草屋。黑狼追過去，一曲笛音驟然響起，強勁的暖風阻斷牠的追擊，黑狼隨即轉向海邊跑，海面倏地升起一道水牆，沿著海岸一路延伸，包圍部落的海岸沿線。

強勁的風勢與水牆將黑狼逼往中央空地，牠憤怒地嚎叫，身形再度膨脹。地面忽地發出一圈金光，繁複的法陣宛如隱形的桎梏，將牠牢牢鎖在法陣裡。基里部落三面臨海一面背山，地處偏遠，是誘捕魔狼的最佳地點。

「怎麼可能！這個法陣，這個法陣！」黑狼嚎出長嘯：「索菲亞——」

那嘯聲淒厲怨怒，帶著強烈的不甘與憤恨，極度影響生物的感知。黑霧從牠身上散開，瘋狂的鷹群飛出黑霧，集體攻擊奧菲。被黑霧滲透的水牆穿出數隻黑鷺鯨，變異的巨大海中生物紛紛浮出海面撞擊水牆，海浪翻騰波濤洶湧，水牆搖搖欲墜。

危難當頭，奧菲吹出虛空之音，傾刻間不遠處的天空被大群生物覆蓋，來自特種紅杉木群的鳥人傾巢而出，飛近奧菲周圍，擋住陷入瘋狂的鳥群。

海面之上所有漁人浮出水面，他們沿著水牆分散而開，手握著手，同時發出精神力與海浪共鳴，共鳴力相互連結層層疊加，在水牆前方捲起同心圓漩渦，漩渦一層套一層，將黑鷺鯨與巨大海生動物全捲進去。

哈德蘭攙扶著柯法納索瓦公爵往黑狼緩慢靠近，奧菲飛在半空，皮拉歐站在水牆上伺機而動。黑狼掙扎得筋疲力竭，牠的身形縮小，再度現出少女本來的面目，她身上的衣服碎裂，衣不蔽體，卻露出欣喜的微笑。

「雪禮詩小姐？」哈德蘭早有預期魔狼會有其他型態，但沒想到竟能化成人。

「她是真的雪禮詩小姐？」獨臂指揮官走到哈德蘭身旁，月色照亮他被鬍腮掩蔽的下半張臉。

哈德蘭壓下驚訝，緩慢靠近確認，「雪禮詩小姐，妳記得我嗎？」

「哈德蘭，我為什麼在這裡？你來接我嗎？是要來求婚的嗎？」雪禮詩小姐茫然地看著周圍，纖細的身形搖搖欲墜，跌坐在法陣中央。

哈德蘭輕聲道：「她確實是雪禮詩小姐，你應該在埃德曼莊園的社交季中見過她。」

「我又對那些貴族沒興趣。」盧考夫聳了聳肩，「現在怎麼辦？為什麼魔狼會變成雪禮詩小姐？」

「我在帕拉瑪莊園那晚，意外聽見侍女說雪禮詩小姐有時會在夜裡大聲嚎叫。」哈德蘭若有所思，「原本以為是特殊病癥，現在看來，魔狼也許長期潛伏在她身體裡。」

「你說什麼？為什麼魔狼會在雪禮詩小姐身體裡？難道雪禮詩家世代作為魔狼芬里爾的宿主？」

「我不知道，這只是我的猜測，也許不是真的。我們曾經親眼看到魔狼從天空裂縫中踏出來。」哈德蘭搖頭，「不知道是怎麼跑到她體內。」

「杜特霍可。」米夏蘭斯基公爵走過來，「玫琪絡子爵剛到，他說雪禮詩小姐曾與玫琪絡小姐一同前去慰勞紋銀部落，所以她知道那裡有多少士兵布防。看來她是利用自己的身分打聽到軍隊布防的消息，我已經通知雪禮詩伯爵，他正在趕來的路上。」

與此同時，被忽略許久的雪禮詩小姐聲調忽然變得沙啞粗礪，「等等！這個法陣是索菲亞告訴你們的吧。」

「叫索菲亞出來！索菲亞！索菲亞！索菲亞！」她不甘地嚎叫，聲音在空曠之處分外響亮，但沒有任何人回應。

盧考夫瞪著她，低聲說：「我聽過這個聲音，就在伊索斯聖堂祈願會，這是摩羅斯科的聲音！」

哈德蘭一怔，「你說在伊索斯聖堂聽過摩羅斯科的聲音？是這個聲音？你確定？」

「我很肯定，就是這個聲音，死也不會弄錯。」盧考夫重重點頭，這個聲音夜夜縈繞在他腦海之中，一回想起伊利雅的死狀，就會聽見這個聲音。

「我也聽過這個聲音。」柯法納索瓦公爵瞪著雪禮詩小姐，臉色變得更加蒼白，右手握著的黃金盞輕輕顫動，他抓緊哈德蘭的手臂，「是這個聲音要我攻擊漁人，取得藍玫瑰，要我替祂廣建聖堂，招募更多聖徒。」

柯法納索瓦公爵不死心地靠近法陣，「摩羅斯科大人？」

雪禮詩小姐停下怒吼，端詳現任摩金，「我認得你，我們最忠誠的信仰者之一，你祈求讓身體恢復健康，歲數綿長。」她的聲音似是在山谷之中說話，帶著隱隱約約的疊聲。

可怕的猜測化成現實，柯法納索瓦公爵震驚地幾乎站不住腳，若非哈德蘭牢牢支撐，他已經跌坐在地。年邁的摩金胸膛用力起伏，幾乎喘不過氣，「我虔誠侍奉的究竟是什麼？處心積慮謀求的願望，竟然害了斯堪地大陸？怎麼可能！妳不可能是摩羅斯科大人，這不可能是真的，這不是真的——」

雪禮詩小姐大概看出自己的困境，她冷靜下來望向哈德蘭，聲音依舊粗礪沙啞，「這個法陣是索菲亞教你的吧，他一定沒說過他做過什麼事。不妨問問索菲亞，為何當年無盡深淵會突然打開，為何明明能置我們於死地，卻只選擇封印？那個老傢伙還是一樣，既含著惡劣的私心又不夠邪惡，做什麼都只做一半，三千多年來他毫無長進，永遠是個懦夫。」

她的話含有太多啟人疑竇的消息，再加上現任摩金的失態，士兵刺探的目光落在法陣前的狩獵者與神器持有者身上。

米夏蘭斯基公爵的視線一掃而過，暫時壓下浮動的軍心。

「哈德蘭。」恩爾菲斯特協同玫琪絡子爵、雪禮詩伯爵一同靠近，兩位貴族的臉色都很蒼白，雪禮詩伯爵的臉色更是白得可怕。

「這確實是我在貴族祈願會聽到的聲音。」玫琪絡子爵還算鎮定，「我的摩羅天啊，我信仰的到底是什麼鬼東西？」

雪禮詩伯爵猛地握住哈德蘭的手，「杜特霍可，請一定要救救麗朵娜，她不是什麼魔狼，是我唯一的女兒啊！這一定是哪裡弄錯了。」他轉向雪禮詩小姐呼喊：「麗蒂寶貝，妳能聽見嗎？我是爸爸啊！」

雪禮詩小姐茫然地望向他，「爸爸？」

「麗蒂寶貝！」雪禮詩伯爵撲進法陣中，雪禮詩小姐欣喜地靠近，哈德蘭卻突然將雪禮詩伯爵用力往後拉，勉強閃避雪禮詩小姐變形的狼爪。

「爵爺請小心。」哈德蘭扶住雪禮詩伯爵。

「麗蒂寶貝……」雪禮詩伯爵怔怔地望向秀髮凌亂又衣衫不整的女兒，他的面容毫無血色，一頭銀髮在夜晚更加雪白。

雪禮詩小姐發出粗礪的笑聲，「這個女孩是我們最忠誠的聖徒，我們能成長到如今都是靠她的餵養。不管你們想對我們做什麼，都會傷到這女孩。」

雪禮詩伯爵顫抖著雙唇，搖搖晃晃地跪下，雙手伏地對著法陣內拜了又拜，「若您真是摩羅斯科大人，我一直是您虔誠的聖徒，也替您招募許多虔誠的聖徒，您想要的東西，我都會替您找來。請看在如此忠誠的分上，放過麗蒂寶貝吧，讓我代替她，您想做什麼都行。」

柯法納索瓦公爵在不遠處跌坐在地喃喃自語，雪禮詩小姐持續以粗礪的嗓音低聲嘲颯。情況完全超出控制，現場一團混亂，哈德蘭一時拿不定主意。

「哈德蘭。」恩爾菲斯特扯著哈德蘭後退一步，輕聲道：「問題可能出在手鍊。」

哈德蘭聞言，仔細觀察雪禮詩小姐手腕上的鰍獅手鍊，暗夜中，作為鰍獅雙眼的綠寶石發出螢綠光芒，與先前撕裂天空的螢綠色風暴有些雷同。

恩爾菲斯特將音量壓得更低，「馬拉利抓到你提的那名聖堂駐手，騎士隊循線追查所有他製作的墜飾，擁有者都是貴族成員，也是相當虔誠的聖徒。我私下問過雪禮詩伯爵，雪禮詩小姐開始在夜晚狼嚎是在這一季社交季之後。」

「社交季那時，她已經戴上手鍊了。」哈德蘭肯定道：「我正是因為她的鰍獅手鍊才注意到那名聖堂駐手。」

「果然如此，她會這樣很可能是手鍊造成的，得除掉她的手鍊。」恩爾菲斯特從懷中拿出一條鰍獅項鍊，「這是戴在那名聖堂駐手脖子上的項鍊，我研究過，他製作的鰍獅墜飾都是同一種釦鎖，只要壓住鰍獅右眼的綠寶石就能解開。」

哈德蘭摸索一陣，「了解，不過我們得想辦法靠近她。」他喊道：「奧菲！」

奧菲隨即飛近兩人，「哈德蘭，恩爾，有什麼我能幫忙的？」

哈德蘭低聲透露他的計畫，奧菲應道：「這很容易。」他俯首吹了幾聲笛音，數隻迷你靈鳥悄無聲息地聚集到魔狼上頭。

接著哈德蘭找到雪禮詩伯爵，附在他耳旁，「爵爺，我們有辦法讓魔狼脫離雪禮詩小姐，但需要你的幫助。」

雪禮詩伯爵猛然轉向他，雙眼發紅，「任何事都可以，只要我能做到！」

「請你盡可能多和她講話，吸引她的注意力。」哈德蘭緊緊握住對方的手，直視他的雙眼，「請相信我，我們一定會把雪禮詩小姐帶回來。」

哈德蘭的語調沉靜厚實，有如聳立於斯堪地大陸的巍峨高山，帶著穩定人心的力量。雪禮詩伯爵跟著鎮定下來，深深凝視他，「我知道了。」

隨後，哈德蘭走到一旁扶起柯法納索瓦公爵，「爵爺，請振作一些，不管你做過什麼，這個魔物的原形又是什麼都無所謂，我們的目標就是送牠回去，堵住天空裂縫。」

柯法納索瓦公爵嗓音沙啞，「不，這和我有很大的關係，杜特霍可，我再怎麼老邁，也看得出來這個魔物和摩羅斯科大人脫不了關係。這是我的錯，是我導致斯堪地大陸的危難，覆滅柯法納索瓦家族。我絕不會原諒自己。」

他望向稀薄的防護罩，捧著黃金盞低聲喃念禱詞，防護罩再次變得厚實，「說吧，再來要我做什麼？」

哈德蘭看著站在風中凜然而立的柯法納索瓦公爵，瞬間感到敬佩。現任摩金擁有堅強的心志，即使經歷巨大打擊，也能在短時間內整理心情，恢復理智。「正如我們的計劃，但請等我的指令。」

他們身側的雪禮詩伯爵放輕語調，聲音溫情脈脈，如寒冬中一杯暖燙人心的小葉丁茶，「麗蒂寶貝，聽得見我的聲音嗎？麗蒂寶貝，麗蒂寶貝！」

「爸爸？不！別再叫了！」雪禮詩小姐摀住雙耳用力搖頭，聲音淒厲粗啞，「別再叫我！」

頃刻間，幾隻迷你靈鳥遮蔽雪禮詩小姐的視線，其中一隻撞向她手腕上的蠍獅手鍊，尖銳的鳥喙啄向蠍獅右眼的綠寶石。雪禮詩小姐揮舞雙臂驅趕眼前的障礙物，數隻迷你靈鳥緊緊追著她的手腕，排成一列一隻隻撞向那顆綠寶石。

不遠處的天空中，奧菲正吹奏高亢激烈的進行曲，迷你靈鳥毫不畏懼雪禮詩小姐的驅趕，持續攻擊。「喀拉」一聲，細緻精巧的手鍊輕巧落地。

雪禮詩小姐瞬間癱軟倒地昏迷不醒，黑霧從她身前向上浮出，凝聚成一隻黑狼，黑狼下方則是一隻巨大的黑色蠍獅。哈德蘭算準時機衝進法陣中，用一件披風包著雪禮詩小姐翻滾出來。同一時刻，柯法納索瓦公爵握著黃金盞踏入法陣，靠近黑狼。

「就是現在！」哈德蘭大喊。皮拉歐與奧菲同時彈奏單音，黃金盞的防護罩倏然縮小，將乘坐著蠍獅的魔狼與柯法納索瓦公爵一同包進去。奧菲旋即吹奏笛音，暖風抬起防護罩緩緩升高。

「成功了！」現場眾人鼓譟歡呼，士兵紛紛擊掌，連嚴肅的米夏蘭斯基公爵嘴角都彎出罕見的幅度。

忽然間防護罩破開，魔狼、蠍獅與柯法納索瓦公爵從半空中掉下，落在法陣上方。魔狼發出不甘的狼嚎，而柯法納索瓦公爵一動也不動地趴在地上。哈德蘭小心翼翼握住柯法納索瓦公爵的腳踝，將公爵拖離法陣外。

哈德蘭翻過公爵的身體，看見他的脖頸上有兩個深紅帶血的大洞。公爵正費力地喘氣，盯著哈德蘭似乎想說什麼，但鮮血流進他的氣管，他不停地咳嗽，只能將黃金盞推進哈德蘭懷裡。哈德蘭緊緊握住他的手，陪他度過生命的最後幾分鐘。

現任摩金為了延長壽命，曾經費盡心思搜刮黃金修復黃金盞，虔誠地祈求摩羅斯科，不擇手段謀求藍玫瑰，但在斯堪地大陸的存亡之際，卻主動提議將自己與魔狼鎖在一起，一同送回無盡深淵。

他曾經意氣風發，據稱能徒手殺熊，也曾經手握大權，掌管斯堪地聯邦最大的領地之一，但在臨終時只是滿腹煩惱垂垂老矣的凡人，在死亡之前孑然一身。

哈德蘭不完全認同柯法納索瓦公爵所做的一切，但現任摩金的確在緊要關頭展現非凡勇氣，為斯堪地大陸付出生命，與所有犧牲的聯邦士兵和狩獵者一樣。哈德蘭握緊手中的黃金盞，現在輪到他了。

法陣之中，魔狼忽地張嘴，一口吞掉巨大黑色蠍獅，牠的身形再度膨脹，用力撞擊束縛的金光牢籠，金光逐漸稀薄。哈德蘭站起身，握著黃金簊念起禱詞，將防護罩再次撐開，「皮拉歐，奧菲，再彈一次！」

「不行！」皮拉歐悍然拒絕，滑下水牆跑到哈德蘭身側，「哈德蘭，我不會讓你去送死！」

水牆即刻消失，黑霧迅速從海面擴散，巨大舞章揮舞著觸手捲起艾塔納瓦大長老，漁人的共鳴陣線中斷。空中的黑鷹猛戾啄擊殷瑣，強而有力的翅膀拍飛支援的鳥人。一瞬之間局勢傾斜，各處陣線全都節節敗退。

哈德蘭深深凝視他的伴侶，想把皮拉歐的一切刻進眼底，「我曾經擔心會比愛人更早死去，但在最後一刻有機會和你道別，那世界對我還不算太差勁。」

皮拉歐回頭彈奏藍金豎琴，一束束水流擊退那隻巨大舞章，逼牠放下艾塔納瓦大長老，急切地抓住哈德蘭的雙臂，「哈德蘭，一定會有其他辦法，我們再想一想！」

「哈德蘭。」奧菲降落到兩人身側，望向空中仍在奮鬥的同伴，以及還在奮力抵抗巨大海洋生物的眾漁人，「我真的不希望那個人是你。」

「奧菲齊格里瓦納里希，認識你我覺得很榮幸。」哈德蘭態度鄭重地抱了抱奧菲。

「哈德蘭！」皮拉歐急急喚道：「一定有別的辦法，我們——」

「皮拉歐。」哈德蘭忽地俯身親吻皮拉歐，唇舌交纏又深又纏綿。皮拉歐眼眶泛紅，追著哈德蘭的舌，吻了一次又一次，直到哈德蘭溫柔地制止，抵著他的額道：「我終於知道祖先哈德蘭的話是什麼意思，唯有愛使人勇敢無懼，所向披靡。我曾經也會怕死，但因為有你，所以才有勇氣這麼做，如果能把魔狼趕走，你和北之海域、斯堪地大陸都會得救。你說我不能為了你好而哄你，那這次就是為了我自己，為了救你而犧牲我很高興，這是我的自私，答應我好嗎？」

皮拉歐不答，再度狠狠地吻哈德蘭，強力吸吮他的舌頭，吸吮他被利齒劃過流出的鮮血。半晌，皮拉歐嗓音嘶啞，帶著顫抖的氣腔，「好。」

哈德蘭最後一次撫摸皮拉歐頸側的薄鰓，然後握著黃金盞靠近魔狼，法陣的金光愈來愈弱，他手臂一揮，奧菲與皮拉歐同時彈奏特定的單音，防護罩急速縮小。

當防護罩縮至約三隻手臂的寬度時，皮拉歐倏地衝向前抱住哈德蘭，魔狼同時撲過去，一口咬在皮拉歐脆弱的後頸，防護罩立時將三人鎖在一起。奧菲一怔，但情勢刻不容緩，他即刻吹奏紅金笛，暖風隨著悠揚輕快的樂曲將防護罩托起，吹向天空裂縫。

防護罩之內，魔狼吐掉嘴邊的魚鱗。皮拉歐捂著淌血的後頸，輕柔地吻了吻哈德蘭的嘴角，笑聲清朗得如一泉瀑布從高空傾瀉而下，激昂的水流翻轉，帶著源源不絕的生命力，「我怎麼可能留你一個人面對這傢伙？你忘記你的伴侶足夠強壯，要死也會和你死在一起？」

「皮拉歐……」哈德蘭盯著漁人冒血的後頸眼角微抽，忍耐著觸碰的衝動。皮拉歐的後頸有多敏感多脆弱，沒人比他更清楚，他不能想像皮拉歐是熬過怎麼樣的劇痛，還從容地對他微笑。

「這情形似曾相識，讓我想起了老朋友哈德蘭與伊薩克振，人類與漁人總喜歡搞這種甜膩膩的關係。」魔狼在他們身後嘶啞著聲，「不過很可惜，你們任何人都不可能贏過我，就算加上索菲亞也一樣，但我讓你們選擇誰願意先死，夠仁慈吧？」

皮拉歐一言不發，直衝上前用力揮拳，黑狼倏地化成黑霧散開，「噢，看來你想先來，伊薩克振的後人。」

黑狼猛地向前撲，皮拉歐頻頻揮拳出腳，攻擊全都落空，他的魚鱗落下大半，身上處處是細小的傷口。「原來沒有藍金豎琴，伊薩克振的後人只是個廢物。」魔狼嗤笑，「早知如此我就不用浪費那麼多時間躲藏，直接一口咬死你們就好。」

皮拉歐喘著氣，薄鰓每每翻動就疼痛難忍，他的攻擊毫不管用，但魔狼卻能輕易地傷害他。他和哈德蘭抱著必死的決心將魔狼送回無盡深淵，不能在奧菲將防護罩送到裂縫之前就先被咬死，絕不會讓這種事發生。

皮拉歐透過防護罩看向吹笛的奧菲，他方才衝得太快，將藍金豎琴留在外頭，笛音又無法穿透防護罩，他只能靠自己。皮拉歐退到哈德蘭身側，驀地笑出聲：「哈德蘭，我為你跳了兩次舞，作為交換為我唱一曲吧，任何一首都行。」

「已經絕望到唱歌了嗎？」魔狼嘯出長長的嚎叫，尾音在空中如狼尾般興奮地捲曲，「別再浪費時間了，我不會讓你們再阻止我一次！索菲亞，你看到了嗎？你又再一次失敗了！」

哈德蘭由下而上掃過皮拉歐身上的每一個傷口，看進皮拉歐眼底，即使不用精神力連接，在這一刻他也清楚地知道皮拉歐轉動的每一個念頭。他緩緩開口，聲音清澈洪亮，波瀾壯闊。

「**山巒清脆，鳥鳴悅耳，這是我所鍾愛的斯堪地聯邦**——」

皮拉歐沉澱思緒，專注在哈德蘭的歌聲上，精神力乘著那首歌如海潮般在防護罩內翻騰。

「**我的身軀燃燒著火焰，我的心靈滿溢出赤誠**——」

哈德蘭一手握著黃金盞，一手握住皮拉歐，精神力立時連結，他們同時推動精神力，樂曲的海潮波濤洶湧，鋪天蓋地的浪潮朝魔狼當頭壓下。

「不！」魔狼彷彿被一隻無形的手掌壓倒在地，牠掙扎著抬頭，頭一抬卻發出痛苦的哀嚎。

「**我在森林之中狩獵，我在草原之中埋伏——**」

哈德蘭的歌聲大氣磅礴，每唱一句皮拉歐的精神力就再疊一層，魔狼被重重壓制，牠憤怒地低咆：「不可能！你沒有藍金豎琴，怎麼可能做到！」

「**我在海洋之中潛行，我在高山之上飛盪——**」

魔狼的身形暴漲，黑霧膨脹分化出另一隻黑色蠍獅，黑色蠍獅騰空飛起，衝向哈德蘭。皮拉歐側身擋在前頭，哈德蘭無所畏懼挺身相迎。

「**狩獵者無所不在，在任何需要狩獵者的地方——**」

黑色蠍獅彷彿撞在一堵無形的牆面，在狩獵者與漁人面前掙扎，聲音粗礪低啞，「別再唱了！索菲亞，索菲亞，我要消失了！索菲亞！救救我！」

「**我們維護良善與公平，我們守護善者與弱者——**」

哈德蘭的聲調愈加嘹亮，與皮拉歐的思考完全同步。皮拉歐的共鳴力帶著他乘上樂曲的高峰，磅礴的歌曲宛如海嘯，以雷霆萬鈞之勢往蠍獅當頭蓋下，蠍獅倒在魔狼身側，身形快速縮小，衝入魔狼體內。

「**我以狩獵者之名起誓，盡我餘生，盡我所能，無愧於心。**」

哈德蘭的尾調放輕，像是對自己許諾。與此同時，他們四周轉為一片黑暗，哈德蘭手中的黃金盞剎那發出耀眼的金光。

「這是——不！不！索菲亞！索菲亞！我願意臣服於你，索菲亞！救救我！」癱軟的魔狼發出淒厲至極的慘叫。金光消散後，包裹著他們的防護罩消失，通往斯堪地大陸的裂縫也消失了，而魔狼不知所蹤。

奧菲將黃金防護罩送進天空裂縫的那刻，防護罩立時發出刺目的金光，填補那道虛空裂縫，裂縫宛如被誰一針一線地縫起般慢慢閉合，直至消失。

天空中的黑色鷹群平靜下來，不再攻擊鳥人，鳥人們紛紛降落到奧菲身側。海面上，被特赦的皮拉修以自己的共鳴力疊加上艾塔納瓦大長老的，壓制翻騰的海潮，變異的巨大海生生物慢慢下沉，海面逐漸平靜。

皮拉修望著天空，那道詭譎的黑暗裂縫已然消失，心裡有某種難以言喻的滋味。所有的海域都有變異的巨大海生生物，海面翻騰魚群狂亂，但皮拉歐抱著藍金豎琴去抵抗魔狼，其他漁人只能靠自己守護家園。

各部族大長老在與人類商量捕捉魔狼的計畫後，便將所有共鳴力高的漁人聚集起來，負責在水牆之前鎮壓魔狼引出的巨大海生生物。皮拉修就是在這種情況下得到特赦，艾塔納瓦大長老在水牢前問他，他想成為司琴者的目的是什麼，「是想要眾人羨慕你的成就，還是想要守護北之海域？若是想守護北之海域，現在就有一個機會。」

「我想要——證明我做得到，證明我不比皮拉歐差。」他緩緩地說。

艾塔納瓦大長老微微掀動嘴角，「我不覺得你比他差，現在就是你證明自己的機會。」

皮拉修在艾塔納瓦長老的許可下上岸，撿起皮拉歐遺落的藍金豎琴回到海中。他看著手中的神器，還有些恍然。漁人們在這一次的危難同心協力以共鳴力平息紊亂的海流，鎮定瘋狂的海中生物，他也是其中之一，甚至在幾次艾塔納瓦大長老要被巨大舞章捲走時，以水柱攻擊巨大舞章逼牠放手。

所有人都看見他的共鳴力確實強於大部分的漁人，但只有他一個，也不可能守護整個北之海域。

司琴者固然重要，但沒有司琴者，只要眾漁人合作，沒有藍金豎琴也能辦到。

「做得不錯。」皮拉修聞言抬頭，森伏塔從他手中接過藍金豎琴，懷念地撫摸它，同時輕聲道：「皮拉修，你讓我很驕傲。」

一瞬之間，皮拉修倏地紅了眼眶，有什麼東西破碎了從心裡流出來，「但我不是司琴者。」

「不管是不是，你都讓我驕傲。」森伏塔拍著他的肩，「艾塔納瓦大長老要我跟你談談，我以為你知道我在想什麼，看起來我們之間有很大的鴻溝。我鼓勵你去爭取司琴者，除了期許你長成一個偉大的漁人，一方面也是因為自己的驕傲，我無法忍受自己的兒子比森伏奇那個笨蛋兒子差，但不知道這會給你這麼大的壓力。」

森伏塔嘆了口氣，看向失魂落魄的森伏奇，「司琴者有很大的因素講求天分，這不代表什麼。如果你成了司琴者，我會很高興，但若要你像皮拉歐一樣犧牲，我會捨不得。我終究是個自私的父親，希望孩子能活得長久。」

「那不是自私，只是父愛。」艾塔納瓦大長老靠近他們，「皮拉修，你父親沒有告訴你吧，為了不讓你受到更嚴重的處分，他親自去向森伏奇請罪，讓森伏奇揍了他一頓。當皮拉歐中途離開審判後，你父親四處去找其他部族，說服他們讓皮拉歐先完成任務，也讓他們同意若皮拉歐成功取回藍白金礦石，就不計較皮拉歐在東海的罪行。你能被特赦，不只是情況危急，最大的理由在於你的父親取得森伏塔父子的諒解，他們同意讓你離開水牢。」

皮拉修震驚地望向森伏塔，「您……」

森伏塔不自在地別過臉，「這沒什麼。」

艾塔納瓦大長老微微笑了一下，又抬頭望向天空，深深嘆了口氣。

「皮拉歐一定會沒事。」皮拉修肯定地道：「他可是理斯家族出身的司琴者，得到伊薩克振的認可，絕對不會就這樣死去。」

他確實這麼堅信，等皮拉歐回來，要堂堂正正地向皮拉歐發起挑戰。

哈德蘭與皮拉歐陷入一片黑暗之中。

虛空之中忽然燃起火紅的亮光，哈德蘭看見噴發的斯特龍博利火山口，自己出現在皮拉歐身後，砍向偷襲皮拉歐的紅敕蠍，一晃眼又看見伊爾達特沙漠，亨利克被黑蟄蠍后的大螯戳穿的場景。然後火光再度閃現，他看見皮拉歐從斯特龍博利山口跌下去，接著又看見自己在伊爾達特抱住劫後餘生的亨利克。

那些場景展示著不同的選擇，快速從面前飛越而過，他還看見皮拉歐從自己的房間陽臺摔到外頭，刺客用藍寶石匕首刺進皮拉歐的心窩，皮拉歐連掙扎的時間都沒有，當場死亡。

哈德蘭嚥了口唾液，喉嚨乾啞，「皮拉歐？」

「嗯。」黑暗之中，皮拉歐的聲音在他身側響起。

哈德蘭安下心，「你有看見什麼嗎？」

「看見你死在東海，我無論如何都無法喚醒你，看見我在埃德曼莊園外被刺客一刀刺死。看見你被要求在父親與我之間二選一，然後你選了父親。」皮拉歐乾脆地說。

「你不難過？」哈德蘭深感意外，雖然經歷過這些場景，也知道這或許是魔狼設下動搖他們心智的陷阱，但再看一次心裡還是會有所波動。

「我知道這都不是真的，因為你在我身邊，我很清楚你做了什麼選擇。」出乎意料的是皮拉歐心緒清明，也比哈德蘭預想的更加堅定。

哈德蘭握著皮拉歐的指掌，黑暗之中他們看不清彼此的表情。哈德蘭輕聲承認：

「……至少在攸關父親那個場景，我還是有猶豫過。」

「我知道你做了什麼選擇，但就算是另一個那也沒關係。」皮拉歐以指腹揉撫著哈德蘭的指掌，「在東海時我就想過了，只要你還活著什麼都無所謂，我甚至願意用自己的命換你的，又怎麼會計較你在我和你父親之間猶豫？」

哈德蘭收緊掌心，「我也想過，若是可以我願意用自己的命換你的，但那不是一個選項。」

「你選了我，我只要知道結果是這個就夠了。」皮拉歐嘖了一聲，「你覺得我在這裡親你，魔狼會不會氣死？」

哈德蘭被這突如其來的提議逗出笑意，「別說是親，只要能回去，讓你做什麼都行。」

「那我有一個想法。」皮拉歐輕捏哈德蘭的指掌，「試試老方法怎麼樣？」

他右手抽出腰間的緘默，往虛空一劃，黑暗頓時裂出一條極細的小縫，現出一絲光亮。

「別再展示過去了！」皮拉歐向虛空大聲吶喊：「過去對我沒用，我只在意現在和未來。」他以緘默刺入那道細縫往旁一扳，細縫竟被扯開，他們看見裂縫另一頭飄過的白雲雲絮，碧海藍天。哈德蘭目瞪口呆，後知後覺地意識到皮拉歐對極了。

率直的漁人從來沒想過改變過去，也毫無意願關切另一種人生，只專注在眼前的目標，沿途披荊斬棘勇往直前。他笑著抱住皮拉歐，這是他的現在，也是他的未來。

斯堪地聯邦冒險手記

CHAPTER THIRTY-ONE

第
31
章

The Tales of Skandia Federal

皮拉歐以緘默劈開的裂縫愈來愈大，從裂縫之中已能看見遙遠的斯堪地大陸，皮拉歐忽然停住動作，「如果我們又把魔狼或是其他東西帶回去，那怎麼辦？」

哈德蘭撫摸著手中的黃金盞，「也許要靠它，或者說——索菲亞。」

皮拉歐驚愕地盯視黃金盞，黃金盞輕輕晃動，飄出一縷半透明的煙霧，現出老邁大祭師的身影。「你怎麼猜到是我？」他的聲音虛無飄渺，帶著層層回聲。

「一開始引起我懷疑的是鎖魔陣。那個法陣長得很複雜，雖然文書官盡量解析那份古老的卷軸還原，我們仍然不知道怎麼運作，只是將它事先畫在地上備用，但當魔狼一被困住就叫出你的名字，我就猜想你也許用了什麼方式發動鎖魔陣。」

「這可能只是碰巧。」索菲亞微笑。

哈德蘭若有所思，「沒錯。但魔狼剛剛說『你們任何人都不可能贏過我，就算加上索菲亞也一樣』，在我們攻擊魔狼的過程中，牠也不只一次叫喚你，好像你就在現場。這讓我猜測魔狼感應到了你的存在，只是不知道你在哪裡，同時想到魔狼若是能改變形態附身在人類身上，也許你也可以。當時防護罩裡除了我和皮拉歐之外沒有其他生物，但我們產生共鳴力連接時，能清楚辨別彼此之間沒有別的意識，那唯一能附身的就只剩下黃金盞。」

「還有呢？」

「當我們通過天空裂縫，黃金盞突然發光堵住裂縫，魔狼也同時消失了。我猜測黃金盞做了什麼封印或消滅了魔狼。這讓黃金盞變得很特別，奧菲的紅金笛和皮拉歐的藍金豎琴都沒有自我意識，為什麼黃金盞有？如果黃金盞能主動除去魔狼，那為什麼之前在斯堪地大陸時試過那麼多次，黃金盞也沒有反應？如果黃金盞不能主動封印魔狼，是不是有什麼意識附在上頭驅使它？結合以上猜測，唯一的答案就是你的意識附在黃金盞上。」

哈德蘭停了一下，「至於其他的則是我個人主觀猜測，若是有所冒犯我先道歉。」

「說說看。」索菲亞的態度平靜溫和，面色不顯波瀾。

「你曾測試我與皮拉歐，那些考驗與無盡深淵展現的場景非常相近，讓我懷疑你與無盡深淵有些關聯。另外魔狼的態度也很可疑，牠警告我問你過去發生什麼事，我猜——三千多年前，你由於某種原因打開無盡深淵，又打算利用魔狼做什麼，但中途改變主意封印了魔狼。」哈德蘭苦笑，這個猜測可是比傳說更加荒謬駭人。

「人類總是會被無盡的欲望引誘，踏入深淵。你們知道無盡深淵是怎麼產生的嗎？」

索菲亞輕輕揮動手臂，他們眼前出現年輕時的索菲亞。

「『聚攏』是人的強烈意念造成相似世界靠近互相干擾，進而有改變過去的機會。但這只是無盡深淵形成的陷阱，凡改變過去的人都會付出巨大代價，那些人類被『聚攏』

吞噬，失去意識與肉身只剩貪婪的欲望，這些欲望的集合體就是無盡深淵。無盡深淵會不斷引誘更多人踏入陷阱，進而繼續壯大。

「三千多年前，祭師的信仰逐漸式微，我本來想召喚點嚇人的小東西來增加更多信徒，卻意外打開無盡深淵叫出芬里爾。芬里爾在斯堪地大陸肆虐，讓人民飽受苦難，我也控制不住牠，只好再度求助古老典籍，打開無盡深淵召喚聖靈，也就是你們所熟知的摩羅斯科。

「我與摩羅斯科締結共生誓約，共享魔力與生命，想藉此將芬里爾趕回無盡深淵，當時我們共同以魔力展開夠大的防護罩，斯堪地大陸人民重新重視祭師，感謝我以防護罩抵抗芬里爾。我被民眾的信仰與崇拜沖昏頭，忘記同樣來自無盡深淵的摩羅斯科不可盡信。

「在我不注意的時候，他一點一點竊取我的魔力，等發現時我已經很虛弱，不得不借助你的祖先哈德蘭、漁人的祖先伊薩克振，及鳥人的祖先莫里齊格里瓦納里希的力量，共同打造三神器，將芬里爾重新趕回無盡深淵。」

索菲亞深深嘆氣，「我不敢將摩羅斯科也趕回去，怕若將他趕回無盡深淵，因為共生誓約我也得待在那裡。摩羅斯科就是利用這一點，讓我下不了決心。我確實過於懦弱，也很後悔，我的過錯重創斯堪地大陸，不敢對所有人承認是自己的錯，只能想辦法彌補，哈德蘭——我當時的摯友，鼓勵我與摩羅斯科一戰。在那場戰役中，他與伊薩克振都喪生了，我以鎖魔陣將摩羅斯科分別封印在製作三大神器的礦石山脈中。

「那場大戰讓我心力俱疲，沉睡在藍白金礦山的封印中。當時不知道狡詐的摩羅斯科會利用他的一股意識向人類編造傳奇，廣建聖堂招募聖徒。三千多年來，他利用聖徒們的信仰之力不停地衝撞封印，在一百年前他第一次成功了，斯堪地大陸開始產生染上無盡深淵氣息的生物，你們這些年對抗的巨大或變異生物，都是摩羅斯科做的。」

索菲亞停下，讓兩人消化這些訊息。

「為什麼白爾會出現在藍白金礦山裡？」皮拉歐沉沉的聲調在黝暗的空間裡遠遠傳開。

「噢，你叫牠白爾。白爾極有靈性，牠游到封印旁以靈魂滋養我的意識，多年後直到碰到你們，我才徹底甦醒。我預見摩羅斯科將會衝撞封印，藉機打開無盡深淵放出魔狼，大鬧斯堪地大陸，徹底掙脫共生誓約。我希望屆時你們的心智足夠強大，能對抗魔狼與摩羅斯科，才以最嚴苛的方式測試你們。」

這番告白讓哈德蘭與皮拉歐大感意外，哈德蘭遲疑地問：「那現在魔狼在哪裡？摩羅斯科呢？他們是什麼關係？」

「他們全是無盡深淵的暗黑意識滋養的產物，以你們可以理解的語言，他們算是同胞兄弟，彼此之間也會產生部分的連結。魔狼已經重新被無盡深淵吸收，不會再出現了，這就是為什麼牠懼怕被送回來。至於摩羅斯科與我共生，我會留在這裡，防止他再次流竄到斯堪地大陸。這一次，我會徹底修正犯下的過錯。」索菲亞似嘆似笑，「哈德蘭、伊薩克振，三千多年前是你們替我善後，這次讓我為你們的子孫做點事吧。」

語畢，索菲亞身影消散，黃金盞再度發出泛著銀白色澤的金黃光芒，皮拉歐與哈德蘭被那純淨的光芒包圍。

他們穿過無數個漩渦從高空中墜落，冷冽的強風由下而上颳過臉頰。

哈德蘭抓起頸間的短哨用力一吹，虛空之音如冷風蕭蕭，他與皮拉歐在雙雙落地的前一秒被抓住後領，奧菲吃力地將他們緩慢放到地面上，「再見到你們真好啊。」

哈德蘭忍不住笑出來，「我也是。」

皮拉歐嘆了口氣，「我也是。」

魔狼浩劫造成斯堪地大陸極大損失，聯邦貴族協助各自領地的居民重建家園。

米夏蘭斯基公爵召開貴族例會，由於現任摩金柯法納索瓦公爵過世，在全數同意的情況下，由米夏蘭斯基公爵接任成為摩金。他的職責與前幾任差不多，只是不再需要保管黃金盞。

他簽署盧考夫的特赦令，並讓探險隊公會成立與漁人及鳥人之間的聯絡管道，若有牽涉兩方的事件或議題，將由探險隊公會代表與漁人及鳥人進行協商。

摩羅斯科造成的破壞是另一種層面，許多見識到魔狼真面目的虔誠聖徒接受不了摩羅斯科是偽神的事實，其中包含米夏蘭斯基公爵的總管貝索里尼，他辭去總管的職位，但仍然保持去聖堂祭拜的習慣。只是自從天空裂縫被填補的那天起，再也沒有聖徒號稱聽見神諭，所有的祈願會也都被聖堂取消。

探險隊公會撤銷哈德蘭的全境通緝令，頒發給他終身一級狩獵者榮譽勳章，表揚對斯堪地大陸的卓越貢獻。公會也頒發給盧考夫終身二級狩獵者榮譽勳章，感謝他在尋找神器材料與魔狼戰役之中的重大功勞。

另外，探險隊公會對犧牲的狩獵者們都頒發特殊榮譽勳章，並照顧他們的家人。犧牲的聯邦士兵，則由貴族們統一成立慰問會給予其家人協助。

哈德蘭在一切塵埃落定後，帶著皮拉歐到埃德曼莊園後方的樹林。他們在一塊石碑前停下，哈德蘭輕輕拂去石碑上的落葉，輕聲說：「爸，媽。抱歉，這麼久才來看你們，最近發生太多事，都不知道要從哪說起。」

他握著皮拉歐的手，「今天是來向你們正式介紹我的伴侶，皮拉歐．理斯。如你們所見，他是漁人，生長在離這裡有點距離的北之海域。他是一個強壯、勇敢、率真的漁人，我的生命因為遇到他而變得完整，我以前總認為，那些斯堪地大陸流傳的愛情故事中，最浪漫又最不切實際的一句承諾是『唯有死亡能將我們分離』，直到和皮拉歐在一起，才發現我錯了。我們之間不是那樣，也不可能是那樣，就算死亡，也不能將我們分離。」

皮拉歐反握住哈德蘭的手，「哈德蘭的爸媽，你們好，我是皮拉歐。很高興認識你們，謝謝你們生下哈德蘭，讓他成為我生命中最重要的人。認識他之前，我甚至不知道什麼叫愛情，什麼叫以命相許，認識他之後，我將用生命守護他，直到與他一同死去。」

他們祭拜完杜特霍可夫婦，留在埃德曼莊園用餐。

哈德蘭發現提姆斯基的舉止相當奇怪，不只主動微笑向他問好，還關切皮拉歐是否吃得慣廚房準備的飲食，親切得令人渾身不對勁。

哈德蘭忍耐著滿腹疑問與公爵夫婦用完餐，在花園找到抱著小蕾西的艾蕾卡。

艾蕾卡忍著笑替他解惑，「我與他一同協助聯邦軍隊守護邊界，他明明什麼也不會，卻替我擋下黑熊的突襲，當時真的快把我嚇死了。他的背都是深可見骨的抓痕，發熱好幾天，偶然清醒就不停地說，要是他死了，叫我帶著蕾西回去嫁給你。他說後悔當時趁你快死的時候搶走你的妻子，現在要把我還回去。我氣得大罵他一頓，說就算他死了也不會改嫁。後來終於不再發熱，傷勢也奇蹟似地好轉，等他再度清醒，又問我之前說的話是不是真的。」

艾蕾卡笑嘆道：「不知道他到底在想什麼。」

「他就是對妳的感情沒什麼信心吧。」哈德蘭輕拍她的肩，「對他好一點。」

「他是我的丈夫，我當然會對他好。」艾蕾卡忍俊不禁笑道：「現在知道他生氣的時候多半是在向我撒嬌，了解原因後就覺得挺可愛的。」

「只有妳才會覺得他可愛。」哈德蘭搖頭，「對了，我們明天中午離開。」

「這次怎麼不多待幾天？」

「皮拉歐要回北之海域打擂臺賽。」哈德蘭無奈地輕笑，「我去觀戰。」

「漁人也有擂臺賽？」艾蕾卡被激起興致，「跟斯堪地聯邦一樣嗎？真想去看！」

哈德蘭微笑不語。大戰結束後，皮拉歐萌生辭去司琴者的念頭，如此才能長期陪哈德蘭在斯堪地大陸出任務。艾塔納瓦大長老只說，若有漁人能以共鳴力挑戰皮拉歐獲勝，就答應讓司琴者換人。

這協議一出，人人都想挑戰皮拉歐。皮拉歐既不可能怯戰，又不可能假裝落敗，只好每隔一段時間回去北之海域接受挑戰，並在必要時主持漁人祭典。至於他不在的期間，漁人主要三大部族分配好各自巡邏的水域，若有意外，聯合幾位共鳴力高的漁人也能暫時鎮定生物與海流。

「對了，盧可說，上次坐祖克鳥出任務從高空路過伊爾達特，發現黃沙土出現許多小綠洲，若下次要去伊爾達特，務必叫他一起去。」

「說得我也想去見識一下新的伊爾達特。」哈德蘭望向蔚藍的天空，太陽高懸晴空萬里，沒有一絲黑雲籠罩，「今天天氣真好啊，是個出任務的好天氣。」

——《斯堪地聯邦冒險手記Ⅲ—偽典的最終戰役—》完

斯堪地聯邦冒險手記

SIDESTORY ONE

番外 1

豔藍盛宴

The Tales of Skandia Federal

賽提斯的城牆高聳堅固守衛森嚴，城牆之外有條深不見底的哈蘭河，如一隻舒展身體的水龍，用尾巴圈住賽提斯內城。

皮拉歐與哈德蘭站在橫跨哈蘭河的沃佛斯橋上眺望，遠遠能看到幾座聳立的莊園，哈德蘭逐步介紹，「最右邊的是哈爾登侯爵的棲園，建有尖塔的是玫琪絡子爵的萊茵莊園，再過去白色那座是雪禮詩伯爵的帕拉瑪莊園，埃德曼莊園在另一邊。」

皮拉歐對貴族莊園不大感興趣，「哈德蘭，那你的別莊在哪裡？」

「小地方，這裡看不到，晚一點再帶你去，今天想讓你看的是這個。」他帶著皮拉歐走到沃佛斯橋正中央，有幾艘小船拉著巨大浮板逐漸靠近。

「看仔細了！」哈德蘭忽然縱身一躍，矯健的身影在空中連翻三圈，劃出一道半月形，「啪沙」一聲落入水中。

皮拉歐傾身去看，哈德蘭半身浮上水面，他扒梳額前垂落的溼髮，爬上小船剛放下的巨大浮板。探險隊公會會服全溼透了，貼在身上勾勒出勁瘦的腰身與緊實的雙腿，整個人看起來分外火辣。

哈德蘭在浮板上又後空翻兩次，小船上的樂隊開始拉奏賽提斯進行曲，曲子節拍輕快，氣勢雄壯威武，彷彿是聯邦士兵列隊踏步，正要踏上出征的旅途。

哈德蘭跟著進行曲節拍在浮板上跳起快舞，浮板隨著踏動頻頻傾斜，哈德蘭舞步錯位，往反向壓住幾乎翻面的浮板。他的舞步將浮板維持在一個危險的平衡，讓人提心吊膽看得目不轉睛。

哈德蘭的快舞引來大批民眾圍觀，一旁待命的騎士隊負責維持秩序，不少狩獵者趁機擠到皮拉歐身側，向哈德蘭鼓譟吶喊。

「哈德蘭，身材真好！」

「哈德蘭，跳得還行啊！」

「哈德蘭，再來個後空翻！」

哈德蘭脫下探險隊公會的淺藍背心，帥氣地往橋上一扔。眾人蜂擁而來，皮拉歐踩著石橋當空躍起搶下那件背心，在空中後翻一圈落地。

「小兄弟不錯啊！」

「他是哈德蘭的，別想了。」

「沒締結婚姻之前，人人有機會吧。」

此時沃佛斯橋上悄無聲息垂下一條彈力套索，幾艘小船在哈蘭河移動，隔一段距離沿路放下數片小浮板，哈德蘭快速踏上那些小浮板，利用其助跑跳躍，騰空握住彈力套索，跳上沃佛斯橋，又藉著彈力套索跳得更高。他在半空之中連翻數圈倒立入水，緩緩下沉直到全身沒入水中。

進行曲來到平緩的中段，哈德蘭被一條彈力套索拉出水面，套索的另一頭是張著巨大翅膀的鳥人奧菲。哈德蘭腰腹一挺，矯健地往上翻，單腳踏在彈力套索的繩圈上，另一腳懸空，維持著優異的平衡。

賽提斯進行曲的節奏愈來愈快，音樂高亢激昂。哈德蘭隨著樂曲愈升愈高，奧菲在樂曲奏到最高音時停止，哈德蘭從高空一躍而下，空中同時響起巨大的爆炸聲，七彩的煙花在空中綻放出黑尾鳶的輪廓。

哈德蘭迅速下墜，在落水前一刻握住橋邊垂掛的彈力套索，反向彈上沃佛斯橋。他坐在石製護欄上，白色襯衣領口大開，露出深邃的肌肉線條。襯衣呈半透明，淺淺透出淺褐色乳暈，他朝皮拉歐笑得率性恣意，「這是獻給你的，還喜歡嗎？」

「喜歡。」皮拉歐的藍眸璀璨耀眼，眼底閃動著炙熱的濃厚渴望，那溫度彷彿能燒盡哈德蘭身上所有衣物，他忍不住握住哈德蘭的右手送到嘴邊親吻。

他想立刻將哈德蘭拉下護欄，壓在身下狠狠進入，向世界宣告他的所有權。皮拉歐火熱的目光讓哈德蘭笑出聲，他朝皮拉歐勾勾手指，皮拉歐俯身靠近。

哈德蘭擁住皮拉歐的後頸，親吻他的唇瓣，舌頭探進他的嘴裡。皮拉歐用舌頭勾住哈德蘭的舌反覆輾磨，哈德蘭在呼吸間發出輕淺呻吟，混著舌頭交纏的溼潤水聲，煽情得讓聽的人耳裡都能瞬時燃起情欲的火焰。

他的欲望立刻被哈德蘭察覺，哈德蘭憐愛地輕拍漁人的臉頰，「別那麼急。」帶著寵溺與憐愛的拍撫對皮拉歐很受用，他依戀地蹭著哈德蘭的掌心，慢慢退開。

哈德蘭跳下護欄，牽著皮拉歐的手向群眾朗聲道：「我沒有太多家產求娶身旁這位漁人，只能獻上一身的技藝與真心。」他轉向皮拉歐，「跟我締結婚姻吧，我無法許諾一座埃德曼莊園，但可以承諾你能安穩地在斯堪地大陸行走，在我的世界裡生活，探險隊公會是你永遠的後盾。」

在他身後，騎士隊與狩獵者們大聲歡呼，呼喊哈德蘭與皮拉歐的名字。

皮拉歐凝視著眼前的狩獵者，哈德蘭回應他曾經的求偶，給出同等程度的承諾，他的感情被珍惜、被重視，所有的用心都得到等值的回饋。他想，若要為了哈德蘭再死一次，他必定毫不猶豫。唯有愛使人勇敢無懼，所向披靡。

哈德蘭雖說沒有太多資產，但以皮拉歐來看，他擁有的別莊仍然很大，尤其是別莊內部新建的露天浴池，大得能容納二十人同時在裡頭玩耍。

他將哈德蘭壓在浴池邊，俯身隔著白色襯衣吸吮哈德蘭的左乳首。襯衣溼透後在敏感的乳首上摩擦，那對哈德蘭太過刺激，乳首腫脹成兩倍大。皮拉歐仍不停止，持續地褻完逗弄那粒乳首，哈德蘭難耐地扭動著腰身，「別一直舔那裡。」

他們下身緊緊相貼，哈德蘭一扭動，皮拉歐的雙頭性器立即被刺激得勃起，挺出下腹。

「它很甜，我忍不住。」皮拉歐刻意不扯開襯衣，就是想看那粒乳首挺立地抵著襯衣的模樣。突出的顆粒已然完全熟透綻放，比平常更加敏感嫣紅，如今又被恣意玩弄，哈德蘭愈發難以忍耐，「哈、皮拉歐，你別——唔。」

「你看起來很喜歡。」皮拉歐以指腹反覆按壓哈德蘭的左乳首，「我還知道你的左邊比右邊有感覺。」

「嗚。」哈德蘭的左乳帶著舊傷，每當皮拉歐拂過傷疤上新生的皮膚，都能讓哈德蘭微顫。他撇過臉，啞著聲要求，「也、也舔舔右邊。」

皮拉歐笑開來，依著要求舔食哈德蘭的右乳首。冰涼的乳首被火熱的舌頭反覆舔弄，很快脹大成如左乳首般嫣紅硬挺，抵著白色的襯衣，將衣料撐出小小的弧度。皮拉歐同時用指腹按壓兩側乳首，「現在一樣大了。」

「哈，別再玩那裡。」哈德蘭的欲望已被挑起，他挺動腰腹，以下身磨蹭皮拉歐的性器，發出熱烈的邀請，「也碰碰、唔——別的地方。」

皮拉歐剝除哈德蘭的棕色長褲，勾下純黑底褲，哈德蘭的性器登時彈出，頂端不停泌出濁液。哈德蘭撇過頭，張嘴咬住自己的右手指節，主動張開雙腿，左手往下探到柔軟的肉穴，那裡溫熱溼潤，彷彿早已準備好接納任何侵略。

「一次一根。」他的嗓音因為身體的極度渴望而乾啞。

皮拉歐扶著他的腰，緩緩將硬挺的其中一根性器挺進哈德蘭身體裡，肉穴柔軟溼潤，緊緊包裹住他，他興奮地開始擺動腰肢抽插肉穴。

「哈、皮拉歐，別那麼深，會碰到、唔——那裡，啊嗚——」

皮拉歐比前一次更有經驗，他清楚記得哈德蘭最敏感的地方，調整姿勢對著那裡猛然撞擊。哈德蘭倒抽一口氣，腳趾深深捲曲，雙腳下意識合攏，卻牢牢夾住皮拉歐的腰，「哈啊——」

「你果然很喜歡我這樣。」哈德蘭身體的自然反應讓皮拉歐只往那處撞擊。哈德蘭的腰腹禁不住想閃躲，又被皮拉歐緊緊按住，漁人的性器張開無數個小吸盤，吸住哈德蘭的腸壁，吸盤中央伸出絨刺，紮入哈德蘭體內。

「啊——」接連而來的過度刺激讓哈德蘭雙腳抽搐，性器不停地噴出白液，「太多了，皮拉歐，太多了，停下來！」

「但我想給你更多，更多的我。」皮拉歐吻了吻他的嘴角，短暫退出，將哈德蘭的雙腿往胸膛上壓，坦露出那處溼潤的穴口。

皮拉歐換第二根性器由上而下插入，這個姿勢強勢霸道，拒絕所有的反抗只要求臣服。

「啊嗚——」哈德蘭低喘，乾啞的嗓音被水氣浸潤，像日正當空下方的冰雪，身體逐漸融化在熱燙的情欲之中，一身溼淋淋的還不停地出水。

皮拉歐擺動腰腹在肉穴裡抽插，哈德蘭剛高潮過的腸壁過於敏感，任何一點刺激都讓它愈發溼潤，貪婪地親吻闖入的性器。哈德蘭晃著腰，「皮拉歐，停、停下來，我受不了，太多了，唔——」

「你想要。」皮拉歐剛撤出性器，肉壁便強烈地吸吮挽留，「你看。」

哈德蘭撇過頭，不敢直視自己荒淫的畫面。他的身體極度迷戀超過界線的快意，雙腿彷彿有自主意識夾緊皮拉歐的腰際，肉穴反覆收縮，渴望吞吃那粗長硬挺的下身。

他的反應讓皮拉歐產生誤解，皮拉歐倏然翻過他，從身後進入肉穴，然後抬起他兩側的大腿站起身。哈德蘭被迫後坐，將皮拉歐的性器吞得更深，「哈啊——」

皮拉歐貼著他的後背，在耳旁低語：「哈德蘭，低頭。」

哈德蘭下意識垂首，在水面上看到自己被皮拉歐抱在身前，雙腿大開，臀穴反覆收縮，熱切地吸吮粗長的性器。

「你看，你很想要，我沒騙你。」

「閉嘴！」哈德蘭半遮住臉，下腹被皮拉歐反覆挺舉下落，下落時的力道比皮拉歐挺舉的更大，性器每每撞擊在哈德蘭最柔軟敏感的地方。

「啊啊啊啊——皮拉歐！」哈德蘭被催逼得連連高潮，性器頻頻噴出體液，腸壁縮得更緊，將體內的入侵者深深咬住。

皮拉歐更加興奮，性器上的小吸盤全數張開，吸住哈德蘭的腸壁，吸盤中央的絨刺牢牢紮入哈德蘭體內。「哈德蘭。」皮拉歐吮吻著他頸側的薄鰓，「哈德蘭，哈德蘭。」

哈德蘭沒想過還能再承受更加刺激的快意，前一次交歡時他完全迷失在欲海裡，僅憑本能回應，這一次他與皮拉歐出乎意料地清醒，他再也不能把身體對性愛的渴望推託給長春花。他伸手環住皮拉歐的頸項，逸出輕柔的喟嘆：「我愛你。」

第一眼見到那雙璀璨逼人的藍眸，就注定他一生的渴望。無論是身體或靈魂，都渴望這場豔藍盛宴，從現在直到未來，永不散場。

——番外1〈豔藍盛宴〉完

斯堪地聯邦冒險手記

SIDESTORY TWO

番外2

橙花戀曲

The Tales of Skandia Federal

「咦？」哈德蘭的指尖在羊皮紙捲上點了點，「祖克鳥又被盧可借走了？」

「他最近的任務都要橫跨斯堪地大陸，橘角已經跟著他行動好幾天，都沒回來過。」

探險隊公會鳥禽租借服務處管理員桑得往後頭一探，「這裡還有一隻祖克鳥橙橙，雖然不是你常騎的橘角，不過牠對圖西亞半島那區很熟，你要借嗎？」

哈德蘭搖搖頭，「不，謝了。」

他走出服務處，皮拉歐雙手環胸坐在木柵圍欄上等他，一見他便跳下地，「鳥呢？」

「又被盧可借走了，我怕其他隻祖克鳥不知道鳥人住哪裡。」哈德蘭聳肩，「只能請殷瑣和奧菲來一趟。」

「嘖。」皮拉歐皺了皺臉，他寧可騎祖克鳥也好過讓奧菲提著橫跨斯堪地大陸。

「下一次好嗎？」哈德蘭看出皮拉歐的不悅，輕拍他的肩，隨即拿起頸間的短哨用力一吹。

在等待的時間裡，皮拉歐百無聊賴地坐上木柵圍欄，「哈德蘭，我們非去不可嗎？」

「有一陣子沒見到他們，想趁機了解斯特龍博利山口的狀況。」哈德蘭仰望天空，「總覺得不看一下不安心。」

「我看藍白金礦山倒沒什麼異狀。」皮拉歐單手撐著頰，身體側歪，以良好的平衡感斜坐在圍欄上，「若是再跑出一隻魔狼，我也會把牠打回去。」

哈德蘭輕笑，捏著皮拉歐的臉頰，「聽起來真讓人安心。真的很厚啊。」

「啊、德蘭，握不是開完俏——」皮拉歐試圖露出自信的笑容，卻被哈德蘭扯得變形。

「是是是——」哈德蘭晃著指間某人的臉頰肉，「我相——信你。」

片刻後，皮拉歐揉弄自己的臉頰，「哈德蘭，你在擔心。」

「杞人憂天向來是我的習慣。」哈德蘭安撫似地笑了笑，「但其實是閒不下來。」

「你一直都在出任務。」皮拉歐若有所思，「你背負太多東西了，這片土地比你所想的還要堅強。」

哈德蘭一怔，釋然地吐出一口氣，撫摸頸側的薄鰓，「對，我不該太小看它。」他想了想，「不，我是太高估自己。」

「我從不覺得我能控制北之海域。」皮拉歐跳下圍欄，「我能作為司琴者安撫它，但它遠比我有力量。」

「我並不是想控制什麼，只是想守護斯堪地大陸，狩獵者都會有這樣的責任感。」

「而你是其中最勇於付諸行動的那一個。」皮拉歐握著哈德蘭的右手指尖，湊到嘴邊吻了吻，「所以我如此為你著迷。」

這句熱烈的情話自然得像真理，溫熱柔軟的親吻落在哈德蘭指節。

哈德蘭的唇角翹起，想起回埃德曼莊園的那段時間，他終於有閒暇能在午後讀一本書，窗外的陽光落在翻書的指節上，側首望向斜躺在大腿處的皮拉歐。漁人當時正在假寐，皮拉歐閉著眼，卻彷似察覺他的視線，輕喚：「哈德蘭？」

「嗯。」他漫聲應道。

皮拉歐睜開眼睛，藍眸璀璨又清澈，清楚地映現哈德蘭的容顏，彷彿在朗朗晴空之下，只能看見他一人的身影。哈德蘭情不自禁地低下頭，在那雙藍眸上落下一吻，眼睫在他的唇下扇闔，羽毛般的癢意在心底騷動。

喜愛是多麼難以形容的感情，他為了捍衛皮拉歐，能讓自己成為一把出鞘的卡托納尖刀，但若面對皮拉歐，他感覺自己變成一片汪洋，能被皮拉歐輕易穿透，能包容皮拉歐的所有，能化成皮拉歐想要的任何模樣，讓皮拉歐予取予求。

他的原則和底線在碰到皮拉歐時毫不管用，他的信任毫無保留，而他的愛永無邊界，能從這裡直到無盡深淵繞一圈再回來。

「哈德蘭！」奧菲的聲音忽地從天而降，他扇動強壯的羽翅落在哈德蘭身側。殷瑣跟著落下，「哈德蘭。」他的招呼相當簡潔，臉色有些陰沉。

哈德蘭主動走向奧菲，殷瑣了然地架起皮拉歐，四人一同飛往特種紅杉木區。哈德蘭望著振翅急飛的殷瑣，悄聲問上頭的奧菲：「殷瑣怎麼了？他平常不會飛那麼快。」

「家裡有不速之客，他趕著回家。」奧菲撇了撇嘴，「你待會也會看到。」

不久，哈德蘭與皮拉歐降落在大爺爺的巢穴，哈德蘭揉著被長時間架住而痠疼的肩臂，偏頭望去，鳥人族長老大爺爺盤腿坐在一旁，聚精會神地檢查某人的臂膀。

「盧可？」哈德蘭不掩詫異，在認識的人之中，盧考夫是最難想像會出現在此處的人類之一。

「哈德蘭。」盧考夫毫不意外看見友人，他的目光掃到皮拉歐，頓時面帶侷促，視線不由自主地往漁人的下腹看去，「皮拉歐。」

「嗯。」皮拉歐簡單應答，「別看了，已經痊癒了。」

「噢。」盧考夫訕然一笑，「那就好。」

「好了。」大爺爺輕拍盧考夫的斷肢，「完全長出來是不可能，不過傷口的復原狀況良好，沒什麼大問題。」

「謝謝大爺爺。」盧考夫站起身，微屈著身軀道謝。

「真的沒問題嗎？」鶯妮絲擔憂地撫上那處斷肢，「盧可有時候會痛。」

哈德蘭挑起右邊眉毛，目光落在那個當時被咬斷手臂卻忍著疼痛一聲不吭的兄弟，盧考夫不自在地別開視線。

「咳。」殷瑣用力咳了一聲，抓住鶯妮絲的手腕粗魯地扯下來，「鶯妮絲，別動手動腳。」

「哥哥別鬧。」鶯妮絲無奈地嘆了口氣，「我不過是看看他的傷。」

「大爺爺說他已經好了。」殷瑣眼神不善地瞪盧考夫一眼。盧考夫輕咳，聲音跟著放柔，「鶯妮絲，我好得差不多了。」

鶯妮絲睜著漂亮的雙眼，扇動潔白翅膀。盧考夫的視線落在她柔順的羽尾，緩緩滑過纖細修長的手指，當初她正是用那雙手輕柔地替他纏綁繃帶，柔聲安慰他。他曾有一瞬間以為來到天堂，看見最美的天使。

鶯妮絲被那炙熱的目光看得發窘，她別開視線，臉頰如彩霞般微微泛紅，「沒事就好。」

哈德蘭新奇地盯著盧考夫隱藏在絡腮鬍下不太明顯的紅暈，兀自思考當初自己和皮拉歐談戀愛的時候，有沒有露出那麼傻的樣子。希望沒有，當時盧考夫聽見皮拉歐向他求婚，驚愕得噴了他滿臉黑蟄蠍肉湯，看起來呆得要命，不像發現任何前兆。

「咳。」殷瑣再度重重咳嗽。

「我先走了。」盧考夫不自在地摸著頸項後方，「下次到這附近出任務再過來。」

「千萬不要逞強，隨時回來找大爺爺看看。」鶯妮絲關心地望向他的手臂，「你要去哪裡出任務？在這附近的話，我能陪你一起。」

「我的任務結束了，要先回賽提斯的探險隊公會總部覆命，然後回家。」盧考夫的目光落在哈德蘭身上，有些躊躇。

兄弟的默契在這一刻展現，哈德蘭開口：「鶯妮絲，要不要來賽提斯參觀？」

「我嗎？」鶯妮絲悄悄看向臉色陰沉的殷瑣，「哥哥？」

殷瑣沉聲道：「妳沒去過那麼遠的地方，我不放心。」

「殷瑣和奧菲也一起來吧。」哈德蘭略一思索，「兩日後是橙花季第一天，到時候賽提斯非常熱鬧，到處都是攤商。賽提斯的居民會喬裝打扮成各種模樣，就算是鳥人走在街上也不顯眼，很適合趁機逛逛。你們沒逛過賽提斯的街道吧？」

「哥哥。」鶯妮絲祈求地低喚：「我們一起去看看吧。」

盧考夫看向哈德蘭的目光裡滿是請託，哈德蘭義不容辭地往前一步，輕拍殷瑣的肩，「別擔心，我看著你們呢。」

殷瑣捏著鼻粱，深深嘆息，「看在哈德蘭的分上，好吧。」

「哈德蘭，你說那天賽提斯的居民都會喬裝打扮，也包括探險隊公會的人嗎？」奧菲湊近，「只要上街就會看到？」

「不一定每個人都會參與活動。」哈德蘭看清奧菲眼底的失望，語帶試探，「但總事務官也許會參加。」

奧菲倏地精神抖擻抬起頭，「恩爾會扮成什麼？會待在探險隊公會總部還是上街？

通常是什麼時候去？」

「可惜我無法回答你這些問題，到時候來就會知道。」哈德蘭望著奧菲的目光滿是同情。以恩爾菲斯特的性情，要打動他並不容易。哈德蘭轉向大爺爺，「我來這裡主要是想問斯特龍博利火山口的情況，最近還有噴發嗎？」

「沒有。」奧菲晃著手中的紅金笛，「連那些紅敕蠍都不知道到哪去了。也許你問問橘桔？」

祖克鳥聽見自己的暱稱隨即靠過來，親暱地蹭著大爺爺的掌背，大爺爺揉著牠的下巴，與牠交談，「橘桔說熔岩有下降的趨勢，最近會與牠的同伴繼續觀察。若有消息會通知我們。」

哈德蘭撫摸下顎，「祖克鳥的示警能幫助我們提前做好準備。」

「我們會固定去巡邏。」大爺爺沉肅地承諾，「若有異狀會讓奧菲去找你。」

哈德蘭得到想要的答案，暫且結束鳥人巢穴的拜訪。

盧考夫招呼他們一同騎祖克鳥回賽提斯，皮拉歐在被鳥人拉吊於空中橫越斯堪地大陸，與坐在祖克鳥上穿過雲層中選擇了後者。

飛行的路上哈德蘭陷入沉思，皮拉歐也沒興致說話，盧考夫被這陣沉默逼得心慌，回頭道：「哈德蘭，你經常去那裡嗎？」

哈德蘭回過神來，「比起你沒那麼常去。」

盧考夫屏息一瞬，「我是去檢查手臂而已。」

哈德蘭的視線移到盧考夫的左斷肢，決定好心地放過他，「你有考慮轉到支部嗎？」

探險隊公會支部接的案件通常在斯堪地聯邦境內各地，例如貴族莊園闖入野獸，或是平民被暴動的牲畜攻擊，這些都需要狩獵者支援，但任務困難度比總部容易一些。

「有在考慮。」盧考夫倒也不避諱，「我託人去卡托納工坊詢問有沒有更順手的兵器，適合我這種人使用。」

「如何？」

「卡托納工坊的兵器部門承諾會開發適合獨臂者使用的刀刃，不過要再等一段時間，他們的巧具部門生意太好了，窯燒爐都排給巧具部門的訂單。」盧考夫聳了聳肩，「好像是什麼擺球吧？」

「哈。」哈德蘭意會到那就是先前提姆斯基拿回埃德曼莊園給小蕾西玩的東西，「那挺有趣的。」

盧考夫回憶起那幾個小球互撞的巧具，「原本是在貴族圈流行，我也是看總事務官桌上有一個才注意到。」

哈德蘭忍俊不禁，「我記得卡托納工坊以前只做兵器，看來魔狼造成的損失影響很大，連最有名的卡托納工坊都得想盡辦法做生意。」

盧考夫跟著笑道：「之前去卡托納工坊時恰巧看到老闆，是個年輕小伙子，應該是前老闆的兒子，據說是他開始規劃製作巧具。」

「那他做得挺成功。」哈德蘭道：「先送貴族巧具試試水溫，讓貴族引領流行，很有生意頭腦。」

一陣強勁的冷風颳過，祖克鳥身體一偏，皮拉歐立即抱緊哈德蘭的後腰。哈德蘭安撫似地拍了拍漁人的手臂，回首靠近皮拉歐的耳畔，「別怕。」

「這不是——」皮拉歐皺著臉，「這是自然反應，不是怕。」

哈德蘭無法控制笑容在臉上綻放，但決定不要告訴皮拉歐，這種依靠他的擁抱彷彿讓他的靈魂綻放出千萬朵麟花，他的愛人很勇猛，但這種自然流露的依賴卻總讓他心裡犯軟。

盧考夫將哈德蘭與皮拉歐放在賽提斯大街上，逕自回探險隊公會總部覆命。哈德蘭帶著皮拉歐到舒立爾服飾店採購橙花季的新裝，「在橙花季，你的穿著可以露出手臂與大腿，那些鱗片會讓你贏來許多崇拜的目光。」

皮拉歐被哈德蘭推著換了一套皮革上衣與短褲，「橙花季是什麼？」

「是賽提斯一年當中最重要的節慶之一，白橙花在此時盛開，象徵一年新的開始。」哈德蘭雙手環胸，欣賞著皮拉歐裸露的健壯手臂與大腿，搭上剪裁俐落的皮革衣物，看起來格外挺拔而帥氣。

皮拉歐拉著皮革衣角，試探性地動了動四肢，「為什麼不用穿斗篷？」

「這是來自橙花季的古老傳統。很久以前在賽提斯北方，有兩個強盛的部族，安塔部族與文溪部族。有一日，安塔部族首領的女兒雨姬與侍女偷溜出來到賽提斯遊玩，引起惡霸的注意，惡霸想帶走美麗的雨姬，幸好被路過的好心青年蘇可夫制止。蘇可夫將雨姬帶回安塔部族，部族首領為了感謝他，留他在安塔部族住一段時日。

「這段期間，蘇可夫教雨姬如何煮賽提斯正宗紅茶，雨姬帶蘇可夫騎馬參觀安塔部族，彼此之間萌生感情。不久蘇可夫在白橙花旁向雨姬求婚，雨姬煮了一杯賽提斯正宗紅茶送給蘇可夫，那杯紅茶裡放滿了糖作為回答。」

「那是什麼意思？」皮拉歐略感詫異。

「當時的人表達情感方式很含蓄，在紅茶裡放糖，喝的人就能感受到她感情裡的甜蜜。」

「噢，所以她答應了？」皮拉歐的視線滑過鏡面，看見倒映在鏡裡的自己，「不過這跟換裝打扮有什麼關係？」

「我快講到了。當時，安塔部族首領已經決定要將女兒嫁給文溪部族的首領，藉此鞏固兩個部族的和平。蘇可夫與雨姬瞞著首領，私下約定要在白橙花盛開那一日私奔，雨姬在侍女的幫助下喬裝打扮成馬夫，與蘇可夫偷溜出安塔部族，回到賽提斯定居。」

「還合適嗎？」服飾店男侍靠近他們，正巧打斷哈德蘭的故事，「這位閣下穿起來真帥氣。」

「就這一套吧。皮拉歐，你先換下來。」

皮拉歐鬆了口氣，在帷幕之後換回斗篷。

哈德蘭付了金幣，讓皮拉歐帶著皮衣皮褲走出店家。

「哈德蘭，你還沒說完。蘇可夫與雨姬私奔之後，就一直住在賽提斯？」

「對。但是有一天，文溪部族的首領找到他們。雨姬才知道她與蘇可夫私奔破壞了部族之間的協議，文溪部族趁機攻打安塔部族，殺害安塔部族首領，併吞安塔部族的領地。文溪部族首領對於雨姬的私逃相當憤怒，他囚禁雨姬，逼迫她成為自己的女奴，蘇可夫被扔到高加索山，成為圖布斯熊的食物。

「幸運的是，蘇可夫被高加索山的原住民湖特一族拯救。湖特一族很少接觸山下部落，族女對俊俏的蘇可夫一見傾心，決定嫁給他。蘇可夫不得不娶族女為妻，作為湖特一族生活，後來趁著與其他部族交易的時候一同下山，混進人群中逃脫。」

「然後呢？」皮拉歐聽得津津有味。

「當蘇可夫回到賽提斯時，雨姬竟已成為文溪部族首領最受寵的妻妾，但她從來沒有笑過。首領每月都會舉辦一次雜技大會，讓特技師表演特技取悅她。蘇可夫變裝混進雜技大會，以簡單的魔術變出一朵白橙花，當眾送給雨姬。從未露出笑容的雨姬竟出乎意料地笑了，她接下白橙花，稱讚『從初見那一刻到如今都未變過，一樣美麗。』

「之後，蘇可夫在白橙花盛開那一日等在與雨姬初見的地方，他等了十天，等到白橙花全部凋謝也沒有等到雨姬。他回到城裡打聽消息，眾人說雨姬在十日前自殺了，鮮血染紅她懷中的白橙花。」

「咦？」皮拉歐詫異地問：「為什麼？他們不是就要相聚了嗎？」

哈德蘭帶著皮拉歐走進別莊，收起皮拉歐的新衣，「也許雨姬覺得她已是別人的妻妾，沒有辦法再面對蘇可夫，也許是她與蘇可夫的愛情曾經害死自己的族人，所以無法與蘇可夫在一起，又或者根本沒有認出那個魔術師就是蘇可夫，只是看到白橙花才有感而發。」

「難道不是文溪部族首領發現雨姬想逃而殺了她嗎？」皮拉歐直覺地問。

哈德蘭一頓，輕輕嘆息，「這也是一種可能。關於雨姬的死，一直都有不同版本流傳。雨姬死後，蘇可夫住在他們初見的白橙花附近，每年都會在白橙花盛開時換上馬夫裝束，紀念當時與他私奔的雨姬，一連十天直到白橙花凋謝為止。這個傳說演變成橙花季的起源。在白橙花盛開第一天換上不同以往的裝扮，就能有新的開始。」

「這個故事聽起來不是好結局。」皮拉歐歪頭，「你們的傳說真特別。」

「相信我，我已經選最浪漫的版本說給你聽了。」哈德蘭停下腳步，「好啦，你要不要進浴池？」

皮拉歐這才意識到他們已經來到別莊後方的大型浴池。

「當然要。」他規矩地脫下斗篷疊在一旁，迫不急待地跳下水。他從水中探出頭，一頭白髮甩落無數水滴，水珠從臉龐下滑到脖頸，滑過那片翠綠的薄鰓。陽光從窗外灑落，在水面上化成一灘金色的水窪，皮拉歐站在金黃水窪之中，強健的軀體上是一顆顆水珠，每顆水珠都染成耀眼的金黃色澤，順著健壯的肌理下滑入水。

那是力與美的極致展現，讓人分外心動。哈德蘭半蹲在浴池旁向皮拉歐招手，皮拉歐游近池邊，哈德蘭以食指抹起一顆水珠放進嘴裡嘗，嘗到海的味道。

皮拉歐猛地將哈德蘭扯下來，哈德蘭一時不察跌進浴池。皮拉歐順勢從水中抱起他的腰，將他抵在浴池邊，前額貼著他的額啞聲問：「哈德蘭，交配嗎？」

「我不知道漁人是這麼性欲勃發的生物。」哈德蘭失笑。

「通常不是。但看到這個浴池，就想和你交配。」皮拉歐收緊手臂，「可以嗎？」

哈德蘭端詳他隱忍的表情，垂首親吻他的鼻梁，低喃：「你知道我不會拒絕你。」

在某些時候，哈德蘭總會忘記在服飾上的花費過於驚人，特別是當皮拉歐扯裂他的長褲，抵著他的臀，在臀穴外摩擦的時候。他的身體記得所有歡愉，感覺到下腹後方的穴口正敏感地收縮，彷彿渴望著某種粗大炙熱的東西插入，貼著腸壁深深輾摩。

他的身體渴望著皮拉歐，渴望到連自己都驚奇的地步。他主動下坐，將皮拉歐其中一根性器吞進身體裡，這個姿勢向來是他最喜歡的，能控制一切將皮拉歐完全包覆。

他湊到皮拉歐的耳邊，低喃：「你想的話，可以把我射到神智不清，滿腦子只想懷上你的孩子。」

皮拉歐深深吸氣，頸側的薄鰓頻頻翕動，被那句話煽動得理智全失。他握住哈德蘭的腰，猛地將狩獵者抬升後又重重下落，哈德蘭頓時逸出呻吟，「那會是什麼樣子呢？長得像你與像我的——啊啊啊——皮拉歐嗚——」

激烈快速的抽插讓哈德蘭再也說不出完整的話，呻吟充斥整個浴池，在水面上盪起陣陣漣漪，他的下腹不停地抽搐顫抖連連噴發體液，直到再也射不出來為止。

當皮拉歐終於饜足地從哈德蘭體內退出，那個柔軟溼熱的肉穴溢出白濁的體液，順著哈德蘭大腿流下。

狩獵者癱軟地趴在皮拉歐的懷裡，指尖探入自己的肉穴，淺淺呻吟著掏出更多漁人的精液，單手摟住皮拉歐的頸子，在漁人的耳旁喘息：「下一次，試試兩根一起進來吧。」

兩日後，殷瑣、奧菲與鶯妮絲來到哈德蘭的別莊會合，一同上街。如同哈德蘭所提過的，此時賽提斯到處充斥著特立獨行的裝扮，人人戴著怪誕的面具，甚至有人裝扮成騎著蠍獅的摩羅斯科，一路喊著「心有所願，便能得償所望」。

哈德蘭替三位鳥人準備賽提斯最近流行的百綴流蘇服飾，鳥人在慶典中行走時，衣襬的墜飾如小巧鈴鐺般響動，清脆的叮鈴聲此起彼落。他們身後的巨大羽翅更是引人注目，不少人停下腳步，盯著那對羽翅品頭論足。

皮拉歐換上哈德蘭準備的皮衣皮褲，裸露出健碩的四肢，他的四肢滿布鱗片，五官深邃，比起賽提斯人，他的面孔輪廓更接近濱海的部落族人，再加上那雙宛如大海的湛藍眼瞳，與哈德蘭並肩站在一起同樣俊朗懾人，顯眼得讓過路行人頻頻回頭，不少少女紛紛向兩人遞花。

「哈德蘭，這是？」皮拉歐驚奇地盯著花朵圓潤的花瓣，無端想起初冬飄落的第一場雪，在落地之前潔白無瑕。

「這就是白橙花。你得收下，然後點一杯賽提斯正宗紅茶回禮。」哈德蘭道：「攤商會問你想加糖還是加鹽，你若喜歡對方就加糖，反之就加鹽。」

「當然是加鹽。」皮拉歐嘴快應道：「除了你，我不會選別人。」

「我知道。」哈德蘭撫摸皮拉歐的後頸，「但每次聽到你這麼說，我還是很高興。」

他想若是有戀人評分標準，皮拉歐絕對是最高分的那一個，完全沒有一絲懷疑對方心意的可能。

「這位閣下。」哈德蘭一行人停步，一名身材相當健壯的男性站在殷瑣身側，「你好，我是卡托納工坊的鍛造師。你的尾羽製作得非常精美，這黃中帶白的羽毛自然到彷彿是從駱黃鴞身上拔下來一樣，請問能不能摸一下？」

「當然不行。」殷瑣黑著臉色拒絕。

那男子的表情相當遺憾，「那請至少收下我的心意吧。」他向殷瑣遞出一支白橙花。殷瑣有些不情願，但還是在哈德蘭的勸說下收起那支白橙花。

哈德蘭帶著其他人向附近攤商購買數杯賽提斯正宗紅茶，讓他們依各自的心意選擇調味，他自己則向攤商點了數杯全部加鹽的口味。攤商老闆辨認出哈德蘭胸口的老鷹勳章，豪邁地拍著哈德蘭的肩，「狩獵者閣下很受歡迎啊！」

哈德蘭禮貌地微笑，「承蒙小姐們錯愛。」

「小伙子太客氣了，我們都知道前陣子探險隊公會出了很多力，才替我們守住斯堪地大陸，這幾杯茶不跟你收費啊！」

「這倒不用……」

「別跟我客氣！」攤商老闆已經煮好數杯賽提斯正宗紅茶，塞到哈德蘭懷裡。

這時一抹陰影正巧遮住他們。攤商老闆熟練地問：「小姐，一杯賽提斯正宗紅茶？」

「……嗯。」

少女遲疑的應聲讓哈德蘭回過頭，「莫索里小姐？」

「杜特霍可閣下。」莫索里小姐露出微笑，「看到你真好。」

「我也是。」哈德蘭的目光落在莫索里小姐懷中的白橙花，那是一株兩支的白橙花，顏色偏橙，是長於陰暗狹縫中的品種。哈德蘭的視線滑過那根莖潮溼的斷口，顯然這株白橙花剛被摘下不久，摘的人擁有至少三級以上狩獵者的身手。

莫索里小姐察覺哈德蘭的目光，瞬間想把那株白橙花藏起來，她緊握著花莖，悄悄回頭窺看。哈德蘭移開視線，用眼角餘光瞥向莫索里小姐後方，一個高大挺拔的男人站在不遠處，那人雙手背在身後，背挺得很直，嘴角噙著溫和的笑意望了過來。莫索里小姐慌張地收回視線。

「小姐，妳想加糖，還是加鹽？」攤商和氣地問。

「加糖、不，不行，加鹽呢？」莫索里小姐輕聲自問。

攤商也不催促，老練的目光鎖定那個站在不遠處的男人，「原來是馬拉利隊長。小姐，妳真有福氣，馬拉利隊長是個英雄，聽說他在羅斯克特村地動時救出很多人。」

莫索里小姐漲紅了臉，搖手道：「不、不是，我們不是、他、他……」

哈德蘭不忍見莫索里小姐的窘態，替她解圍，「莫索里小姐，馬拉利隊長是個好人，也很有耐心。若是真的很苦惱，不妨就點原味紅茶給他，他會明白的。」

莫索里小姐微愣，「可以點原味的嗎？」

「若小姐堅持的話。」攤商聳了聳肩。

「有些事一時間若想不明白，也許表示時機未到，再多給自己一點時間吧。」哈德蘭露出溫和的笑容，「比起蘇可夫與雨姬，妳擁有更多選擇的機會。」

莫索里小姐自然熟知那段傳說，哈德蘭的提議讓她鎮定下來，她朝哈德蘭行了仕女禮，便買了一杯原味的賽提斯正宗紅茶，走向馬拉利。

馬拉利接過那杯紅茶喝了一口，垂首向莫索里小姐說幾句話。莫索里小姐頓時手足無措，而後朝馬拉利慎重地行仕女禮後，提著裙襬快速離開。馬拉利目送她的身影，揚起手臂朝哈德蘭遠遠打了招呼，緩步走在莫索里小姐身後。

哈德蘭帶著數杯賽提斯正宗紅茶與其他人會合，分神留意莫索里小姐與馬拉利的動靜，皮拉歐注意到他的視線，「怎麼了？」

「馬拉利隊長遞給莫索里小姐一支白橙花，莫索里小姐看起來很苦惱。」

「敏麗嗎？」皮拉歐瞥了他們的背影，「我剛才有聽見那個男人說話，你想知道的話，我可以說給你聽。」

哈德蘭掙扎數秒，終究抵不過好奇心，「他說什麼？」

「『我不打算給小姐任何壓力，但請允許我陪小姐走一段路，護送妳回家。別擔心麻煩我，我只想仗著小姐給我的特權，讓其他想遞白橙花給小姐的追求著們仔細惦量自己的分量。』」皮拉歐模仿完，「哈德蘭，他是什麼意思？敏麗有危險嗎？」

「不。」哈德蘭神情複雜，「有馬拉利隊長跟著她很安全，我只是想不到看起來穩重的馬拉利隊長追求女士會是這麼——具有侵略性。」

「如果他也是狩獵者，這不難想像。」殷瑣插嘴道：「哈德蘭，你不知道你的朋友有多頻繁來我們巢穴。」

「哥哥。」鶯妮絲羞窘地抱著白橙花，那支白橙花比攤商所發放的更加潔白，是長於海拔極高的地區，也是屬於極其罕見的品種。

哈德蘭望向不知何時出現的盧考夫，盧考夫自動解釋：「我在厄斯里山頂摘的。」他喝了一口手中的賽提斯正宗紅茶，嘴角彎起很淺的幅度。

「逛夠了吧。」殷瑣沉著臉色，「我們該回去了。」

「我再去逛逛。」奧菲張開羽翅正要飛起，卻被哈德蘭抓住尾羽，「別在這裡飛！太顯眼了，別忘記賽提斯居民以為你們的翅膀是假的。」

奧菲皺著眉頭，「哈德蘭快放手。」

「哈德蘭、奧菲。」溫和的男中音讓哈德蘭放開手中的尾羽，「總事務官。」

哈德蘭打量恩爾菲斯特的穿著。恩爾菲斯特戴著豔紅色的面具遮住上半張臉，面具上描繪著流線形的花紋，將那雙眼睛勾勒出多情繾綣的風情。

「你們也來了。」恩爾菲斯特瞧見三位鳥人同行，「聲勢浩大啊。」

「讓他們見識賽提斯的傳統文化。」哈德蘭微笑，「難得見總事務官休假。」

「羅賓把我的辦公室鎖起來，威脅今天不准工作，我乾脆上街來晃晃。」恩爾菲斯特無所謂地聳肩，視線觸及奧菲懷裡的白橙花，「奧菲今天收穫很多。」

那語氣在調侃之中藏著一點哈德蘭難以捉模的意味。奧菲正色道：「恩爾，若我送你白橙花，你會收下嗎？」

恩爾菲斯特凝望那一身赤紅的羽翅與豔紅雙瞳，半晌回道：「收下白橙花是傳統，但我不會點一杯賽提斯正宗紅茶給你。」

奧菲爽朗地笑道：「只要你會收，我會一直送你。」

恩爾菲斯特端詳今早突然出現在辦公桌上的一株顏色偏紅的白橙花，旁人也許不知，但他卻知道，這是長於斯特龍博利火山口附近的品種，只有鳥人有機會摘得。門外傳來由遠而近的腳步聲，他特將白橙花插進桌前的花瓶。

米夏蘭斯基公爵走進辦公室，不待邀請就坐在辦公桌前的沙發，一見那株白橙花，兀自笑道：「虛假的感情竟也能流傳這麼長的時間。」

「你只是選擇相信沒那麼浪漫的傳說版本。」恩爾菲斯特不以為意，拿起盧考夫剛遞交的報告閱覽。

「我以為那是更合理的版本。」米夏蘭斯基公爵雙膝交疊，「侍女、惡霸、蘇可夫全都是文溪部族首領的安排，只為了取得攻打安塔部族的藉口。這聽起來更像部族首領的謀算，而不是只為了一個女人發動戰爭。」

「他為了討好雨姬，倒是做了不少事。」恩爾菲斯特垂首望向花瓶中的白橙花，「那可不像假裝的。」

「我倒認為扮演沉迷於美色的君主，能找出更多反叛者。文溪部族不就在那一次雜技大會後遭到徹底清算嗎？文森塔西諾一世在那之後也沒有專寵美人的傳聞，一個人的本性不是那麼容易改變的。」米夏蘭斯基公爵站起身，走到辦公桌前。

「自尊會讓人欺騙自己的本性。」恩爾菲斯特抬眼，望向米夏蘭斯基公爵的灰瞳，「我今年不打算送出任何一杯賽提斯正宗紅茶，所以別再派人跟著了，切爾西。」

米夏蘭斯基公爵俯下身，以指尖捻起恩爾菲斯特鬢角的髮絲，「也許我是在扮演一個沉迷於美色的君主。」

恩爾菲斯特微笑，「那你永遠也得不到雨姫的心。」

哈德蘭將他與皮拉歐收到的白橙花蔭乾，做成乾燥花擺在餐桌上作為裝飾。到晚餐時刻，皮拉歐卻不見人影。

有時候皮拉歐會突然收到漁人的召喚回北之海域，哈德蘭並不以為意。他獨自用餐，將刀刃上油保養，再清掃別莊裡許久沒使用的區域。

當月亮上升到沙異星上方時，皮拉歐悄無聲息地翻進別莊的高牆，踏進屋裡。他全身溼透，手中握著一株顏色偏藍的白橙花，「哈德蘭，這朵花送給你。」

「這是——」哈德蘭驚奇地搓著白橙花圓潤的花瓣，摸到花瓣背後的細絨，「我從來沒見過這個品種。」

「我在陸地沒找到白橙花，就往海域尋找，還問了艾塔納瓦大長老，大長老說這是與白橙花相似的白海橙花，長在深海裡的岩縫之中。」

哈德蘭神色微凜，握住皮拉歐的手腕翻轉，檢查漁人四肢的魚鱗。幸好那些魚鱗很完整，並未缺損。

「別擔心，我知道我自己能做到什麼。」皮拉歐咧嘴笑出一口尖銳的白牙，「你願意收下嗎？」

「當然。」哈德蘭將那株白海橙花插在琉璃藍花瓶中，擺在壁爐上方。白海橙花在夜間隱隱可見淺藍微光，哈德蘭頗感驚奇更加細看，「原來如此，它的細絨是藍色的，在晚上被火一照，看起來就像在發著藍光。」

「你喜歡嗎？」皮拉歐直盯著他。

「非常喜歡。等我一下。」哈德蘭進廚房煮水，等水沸騰後，他在茶壺裡放入賽提斯紅茶茶葉，添加熱水煮成一整壺賽提斯正宗紅茶。

他倒了一大杯遞給皮拉歐，「喝喝看。」

皮拉歐剛喝一口便不停地嗆咳，委屈地吐出舌頭，「哈德蘭，這太甜了，我的舌頭麻到嘗不出味道。」

那股甜膩像從喉嚨一路甜到舌尖，讓整個舌頭甜到發麻毫無知覺。哈德蘭單手撐著頰，微笑地看著漁人抱怨，「可能是因為，我把一整罐糖全部倒下去了。」

——番外2〈橙花戀曲〉完

——《斯堪地聯邦冒險手記》全系列完

斯堪地聯邦冒險手記

AFTERWORD

後記

The Tales of Skandia Federal

終於來到第三集尾聲，哈德蘭與皮拉歐的冒險暫時到此告一段落，可以開始度蜜月了！

本集能夠完成，要感謝許多提供建議的朋友們！

特別感謝雪森在索菲亞的試煉上提供的建議，這個橋段是整集中非常重要的轉折，光是哈德蘭與皮拉歐就各有三種版本，尤其皮拉歐的試煉中，還有一種版本是他在賽提斯跟哈德蘭快快樂樂生活，過得太快樂而醒不過來，在這裡偷偷放一下XD

皮拉歐輕鬆地拎起一條騎魚魚尾，騎魚在手裡掙扎跳動，他舔了舔嘴角，「哈德蘭，這要放哪裡？」

「這是證物，別想吃。」哈德蘭拍了他的肩，拿出一個半滿水的小鐵桶，讓皮拉歐放進騎魚。騎魚圍著鐵桶周圍游動，魚尾頻頻拍打鐵壁。

「為什麼騎魚會出現在翡翠湖？」哈德蘭眉心微皺，「黑虎羊也都不見了。」

他與皮拉歐這幾天搜遍斯堪地大草原，沒找到半隻黑虎羊，翡翠湖旁的豔紫荊全數枯萎，皮拉歐下潛探索翡翠湖，只找到一條活著的騎魚。

「先回去吧。」哈德蘭與皮拉歐坐上祖克鳥回探險隊公會總部。恩爾菲斯特正在辦公室聽取馬拉利的報告，「許多住家的水井裡發現活蹦亂跳的騎魚，賽提斯事務官請求探險隊公會協助。」

「我們也在斯堪地大草原發現騎魚。」哈德蘭插嘴：「這很奇怪。」

恩爾菲斯特看向皮拉歐，溫和地問：「皮拉歐，你有什麼看法？」

「我可以回北之海域，到騎魚的棲息地去看看。」皮拉歐精神抖擻，這是他第一次以哈德蘭伙伴的身分參與探險隊公會任務，很有信心能夠辦得漂亮。

「那就麻煩你了。若是能成功解決這個任務，以後你也能單獨接探險隊公會的任務。」

「我只要能跟哈德蘭一起出任務都好。」皮拉歐咧嘴微笑，哈德蘭以手肘輕撞皮拉歐，「閉嘴，總事務官答應讓你成為狩獵者了。」

「噢。」皮拉歐沒感覺到這有什麼分別，但哈德蘭似乎覺得「狩獵者」的稱號對他很重要。

哈德蘭揉了揉眉心，「總事務官，他會把事情辦好。」

「我相信你們。」恩爾菲斯特彎了彎唇角，「去吧，探險隊公會永遠是你們的後盾。」

皮拉歐帶著哈德蘭潛進北之海域，一路游到騎魚棲息地。那裡被一隻巨大騎魚占據，整個棲息地都是騎魚卵，巨大騎魚垂眼掃過兩人，忽然發動攻擊。

皮拉歐迅速閃避騎魚的頭刺，在巨大騎魚周身繞圈，哈德蘭游到遠處，在一旁伺機而動。那條巨大騎魚體型壯碩，但皮拉歐毫不畏懼，靈巧閃避頭刺同時趁機將騎魚往旁引，頭刺猛地撞擊在凸出的礁石，頭刺一歪，騎魚發出低鳴，水波震盪。

皮拉歐蓄起精神力向外擴散，海水陣陣波動同步共鳴，形成巨大漩渦將騎魚困在其中。巨大騎魚反覆衝撞，反被漩渦帶回中心。半晌，騎魚耗盡體力不再衝撞，皮拉歐慢下漩渦，以漁人語逼問：「斯堪地大陸上的騎魚都是你做的？」

巨大騎魚發出低鳴，皮拉歐低喝：「別想在斯堪地大陸亂來，召回你的魚群，否則我會折斷你的頭刺，拔光你的牙齒，拆掉你的魚鰭，撕開你的身體，讓你死在這裡。」

巨大騎魚心有不甘，繼續衝撞漩渦，皮拉歐加大漩渦的轉速，騎魚被急速的水流搞得暈頭轉向，發出顫抖的鳴叫。皮拉歐充耳不聞，巨大騎魚持續低鳴，不久一大群騎魚從四面八方而來，圍繞在巨大騎魚身側。

皮拉歐停下漩渦，「饒你一次，下次若敢再打斯堪地大陸的主意，你的頭刺與牙齒將掛在理斯家族的殿堂當戰利品。」

巨大騎魚虛弱地鳴叫，好似在示好。皮拉歐這才咧開嘴角，牽起哈德蘭游回海面，「解決了，哈德蘭我們回家。」

哈德蘭失笑，捏了捏皮拉歐的掌心，「先去總部，再回家。」

他們回探險隊公會總部覆命，皮拉歐解釋巨大騎魚的意圖，「牠想占領斯堪地大陸，所以派魚群去擾亂人類生活。」

恩爾菲斯特稱讚皮拉歐一番，承諾會批准皮拉歐成為三級狩獵者的申請，哈德蘭便領著皮拉歐回到賽提斯郊外的宅邸。一進到屋裡，皮拉歐迫不急待地將哈德蘭拉進巨大浴池，扯著哈德蘭身上的襯衫。哈德蘭縱容地抬高手臂，讓皮拉歐更容易脫掉他身上的衣物。

哈德蘭的身體柔軟溫暖得不可思議，當皮拉歐將自己深深埋進哈德蘭體內，忍不住發出滿足的喟嘆。哈德蘭以指腹輕輕蹭著他頸側的薄鰓，他將臉埋進哈德蘭的頸窩，輕舔哈德蘭的鰓，那裡敏感又脆弱，卻是最致命的部位，酥麻感從頸側傳遞到心臟，帶來久違的沉靜。

「哈德蘭。」他呢喃：「哈德蘭。」

「怎麼了？」哈德蘭主動往下坐，將他的性器完全吞沒，然後輕輕搖擺著腰，發出煽情的喘息。

「這樣的日子真好，真希望能一直過下去。」皮拉歐擁緊哈德蘭，輕撫哈德蘭健碩的背脊，那裡的肌肉線條優美又充滿張力，令他愛不釋手。

「我們當然會一直過下去。」哈德蘭抱著他的頸項，輕啃他的耳朵，他微微顫抖，收緊手臂，讓哈德蘭與他之間再無縫隙。

忽然間，某個熟悉的聲音在他的腦子裡大聲呼叫，「**皮拉歐，皮拉歐！**」

皮拉歐試探地問：「哈德蘭？」

「又怎麼了？」哈德蘭深深喘息，主動搖著臀，讓皮拉歐的性器在體內反覆戳刺，

「啊——哈，皮拉歐，你別動——唔。」

皮拉歐被哈德蘭激得反射性一挺，同時再度聽到哈德蘭的叫喚，「**皮拉歐，醒醒！**」

一冷靜一奔放的雙重聲音讓皮拉歐陷入混亂，腰間的匕首「緘默」倏地發熱，他垂首望著緘默，有些不知所措。不，他其實一直都知道，這是自己夢寐以求的生活。

身上沒有司琴者的包袱，能和哈德蘭一起在斯堪地大陸出任務，受到探險隊公會保護，沒有貴族敢打他的主意。完成任務歸來，他和哈德蘭會在浴池裡放縱交配，也可以一起潛進海底最深處探險，在彩蝶魚環繞的海域交配。

「**皮拉歐，醒醒！**」哈德蘭再度自他的腦子叫喚。

皮拉歐從鰓呼出一口氣，伸手握住匕首，緘默在他的手心之中發熱。他緩慢想起來，他的任務尚未結束，應該要去拿藍白金礦，必須脫離這個夢境。

以上XD不過寫了這個版本之後，發現這樣好像讓皮拉歐過得太開心了，考慮到兩個人的試煉應該要平衡，最後還是讓兩個人都面對自己最大的心魔。也是因為先有這次的考驗，在落入無盡深淵時，他們才能保持心志，冷靜地找到出路。

這個故事裡有許多配角，他們也都有各自的人生，大部分的人並非表裡如一，也不可能絕無私心，像皮拉歐直率的個性很少見，像哈德蘭這樣有勇有謀又願意自我犧牲的人也很少見，他們是埋在沙河裡的金子，只有彼此能看見對方身上的光芒，他們互相吸引，如同時震動的兩條琴弦，相互應和。

他們能碰到彼此是如此幸運，也彷彿本該如此，命中注定。

主角在故事裡說得夠多了，來說說其他配角吧。

盧考夫算是戲份相當重的角色，對於要怎麼安排他的結局，當初與編輯也有不少討論，最初的版本是要發他便當，不過在撰寫的過程中，他意外斷了隻手，好像也擋了命定災禍，所以就把他的便當收回來了！

相比起哈德蘭，盧考夫更年長，也有更多歷練，但個性上卻沒有哈德蘭圓融，也沒有哈德蘭思考周密，他與哈德蘭認識很長的時間，等於是哈德蘭的兄弟，當哈德蘭因為皮拉歐和他斷交時，他真的非常受傷，不得不去和皮拉歐道歉。

在那之後，他誤入祈願會，殺人，被判刑，進鬥獸場，所有的災禍都讓他的人生愈走愈偏，背叛哈德蘭似乎指日可待。

若是一般人站在盧考夫的立場，或許很多人都會跟他做出一樣的選擇，人既剛強又脆弱，因為自尊被踐踏而當作一切沒有發生，因為一時氣憤而做錯事，一步錯步步錯，行到盡頭驀然回首，才發現他離自己的初衷如此遙遠。

幸運的是，他沒有失去哈德蘭這個兄弟，後來他替哈德蘭擋下紅鷺獅，也被皮拉歐救了一命，也得到皮拉歐的諒解。我很喜歡這樣的因果回報，有前因才有後果。

盧考夫在斷臂之後，他的心境將會更開闊，人生才有新的可能 :)

另一個主要配角就是奧菲了。

他雖然沒有非常多的戲份，但總是出來替哈德蘭與皮拉歐救場，皮拉歐遇見哈德蘭會變成熟，遇見奧菲就會變得很幼稚，每次寫到這兩個人互不相讓時就覺得他們兩個真是可愛到爆！奧菲雖然出場與皮拉歐鬥嘴多，不過他仍然是非常可靠的朋友噢！

提個小設定，有不少狩獵者騎祖克鳥橫越圖西亞半島時都會碰到雷雨，祖克鳥因此迷失方向，都是靠奧菲暗中救援，這其中包含總事務官恩爾菲斯特。

過去的狩獵者對鳥人只是驚鴻一瞥，以為自己看到錯覺，這讓鳥人族群一直安然在自己的領域生活，不受打擾。直到氣候異變，紅金笛與藍金豎琴毀損，鳥人與漁人相繼暴露在人類的世界。

可以預期的是，將來人類、鳥人與漁人未來可能會發生更多事件（或感情），也可能會產生糾紛，所以米夏蘭斯基公爵讓探險隊公會成立特殊聯絡管道，以備不時之需。

這個聯絡管道必須同時擁有鳥人與漁人的信任及聯絡方式，雖然故事裡並沒有特別寫出來，但第一任鳥漁聯絡官勢必也要哈德蘭兼任了，感覺也會有個《哈德蘭事件簿》呢！

然後，也許有讀者關心恩爾菲斯特情落何方，在這裡透露一下，總事務官的追求者比較多，其中也牽扯到一些政治角力與鳥類冒險故事，希望未來有機會能和大家見面。

關於斯堪地大陸的各個貴族也都各有盤算，當柯法納索瓦公爵主動提起「意向表決」時，寫一寫突然覺得好像與臺灣選舉的操作有87分像（咦）總之政治總是各種盤算，想愈多的人，政治生涯才會走得愈遠（？）

說到柯法納索瓦公爵，這也是個性比較複雜的人物，他表面的姿態做足，私底下卻是另一種樣子，這樣的人當然很多，不過就算他是如此表裡不一的人，也有看重的事物與原則，比如家族的名譽與家族的未來，所以他設計刺客組織的信物會有家族，也願意為了家族的未來而犧牲，家族可以說是貴族刻在骨子裡的信仰，就算他是這麼怕死的人，在最後卻也會為斯堪地大陸從容就義。

人是這樣複雜的生物，在不同的情況就會有不同的標準與表現，細究起來總是讓我很著迷。

米夏蘭斯基兄弟則是兩個極端，一個極度自律，一個極度率性，一個掌控欲旺盛，一個願意將大權放手給總事務官，他們在明面與暗處表現的樣子截然不同，但對於想要的目標同樣勢在必得。

羅賓是弟弟，個性上比較浪漫天真，但卻也具備米夏蘭斯基家族成員的狡詐；哥哥切爾西是典型的米夏蘭斯基公爵，他習於與政治掛勾、利益交換，但比起柯法納索瓦公爵，他還是有相對高尚的道德觀念，謀財害命這種事是不屑去做的。而比起柯法納索瓦公爵，在黃金盞的應對上，他相對更有遠見，但政治手腕就略遜一籌。

配角們大概介紹到這裡，再來說點小設定吧。

老文書官解析卷軸與哈德蘭手稿的過程是參考歷史學家如何解析象形文字，最開始歷史學家是使用羅賽塔石碑解析象形文字，然後是使用法老的名字來解析，這個解析過程非常有趣，大家有興趣可以去看看。

關於那句張開黃金盞防護罩的咒語，皮拉歐念的音是參考冰島語，哈德蘭念的音是參考芬蘭語，兩種語言都是世界上最古老的語言之一，想想那麼早以前的人們就使用的語言竟然能流傳至今，真是肅然起敬。

另外，〈橙花戀曲〉裡用賽提斯紅茶來回應告白，是參考土耳其咖啡的傳統，這個傳統是在電影《伊斯坦堡救援》中看到的，這樣的話，女方同意或拒絕男方的感情表達既含蓄又不失禮，覺得很可愛，也很印象深刻。不過雖然是這樣介紹，電影卻不是愛情故事，它的背景是設定在第一次世界大戰期間慘烈的加里波利戰役結束後幾年，一個爸爸去找回三個從軍後下落不明的兒子的旅行，電影由羅素克洛主演，非常精彩，也順便推薦大家去看看。

囉囉嗦嗦地也寫到這裡，斯堪地大陸的世界觀是我第一篇長篇奇幻作品，希望未來有機會能寫更多更有趣的故事，也謝謝大家陪皮拉歐與哈德蘭一同冒險，從這裡直到無盡深淵繞一圈再回來！

下本書再見囉！

生生

高寶書版集團
gobooks.com.tw

FH056
斯堪地聯邦冒險手記III—偽典的最終戰役—（完）

作　　者　本生燈
繪　　者　Rylee
編　　輯　薛怡冠
美術編輯　林鈞儀
排　　版　彭立瑋
企　　劃　方慧娟

發 行 人　朱凱蕾
出　　版　朧月書版股份有限公司
　　　　　Hazy Moon Publishing Co., Ltd
地　　址　臺北市內湖區洲子街88號3樓
網　　址　www.gobooks.com.tw
電　　話　(02) 27992788
電　　郵　readers@gobooks.com.tw（讀者服務部）
傳　　真　出版部　(02) 27990909　行銷部 (02) 27993088
郵政劃撥　19394552
戶　　名　朧月書版股份有限公司
發　　行　英屬維京群島商高寶國際有限公司台灣分公司
　　　　　Global Group Holdings, Ltd.
初版日期　2023年2月

國家圖書館出版品預行編目(CIP)資料

斯堪地聯邦冒險手記/本生燈著.-- 初版. -- 臺北市
：朧月書版股份有限公司出版：英屬維京群島高寶
國際有限公司臺灣分公司發行, 2023.02-
面；　公分. --

ISBN 978-626-7201-33-6(第3冊：平裝)

863.57　　111018618